金沢古妖具屋くらがり堂

峰守ひろかず

ポプラ文庫ピュアフル

目次

Contents

金沢古妖具屋くらがり堂 二

Kanazawa furuyoguya
KURAGARIDO

このもの語《がたり》の起った土地は、清きと、美しきと、二筋の大川、市の両端を流れ、真中央《まんなか》に城の天守尚お高く聳《そび》え、森黒く、濠《ほり》蒼《あお》く、国《くに》境《ざかい》の山岳は重畳《ちょうじょう》として、湖を包み、海に沿い、橋と、阪と、辻の柳、甍《いらか》の浪の町を抱いた、北陸の都である。

（泉鏡花「伯爵の釵《かんざし》」より）

プロローグ

六月半ば、そろそろ梅雨が近づいてきたある雨の日の夕方。十五歳の葛城《かつらぎ》汀一《ていいち》は金沢駅で特急電車から降りた。大きな荷物は既に引っ越し先の祖父母の家に送ってあるので、リュック一つ、それと駅の売店で買ったビニール傘が一本だけという軽装である。

奈良駅で別れた両親はそろそろシンガポール行きの飛行機に乗った頃だろうか、などとぼんやり考えながら階段を下り、改札を通る。

観光客の行き交うコンコースを抜けて東口に出ると、ドーム状のガラス屋根越しに曇った空が透《す》けて見えた。小ぶりな運動場ほどの広さのガラスを雨がバラバラと叩いている。屋根の途切れるあたりには、太った鳥居のような形の、巨大で奇妙な形のオブジェが聳《そび》えていた。

金沢生まれで金沢育ちの祖父曰く、金沢駅の新しい――と言ってもそこそこ古い――シンボル、鼓門《つづみもん》である。雨の中にもかかわらず、ライトアップされた門の前では、性別も人種も様々な観光客たちが傘を手に写真を撮ったり撮られたりしていた。いわゆるフォトスポットというやつらしい。

祖母には、駅からはタクシーで来るように言われている。汀一はタクシー乗り場に向かおうとしたが、ふと思い立って鼓門の方へと足を向けた。せっかく金沢に来たのだから、この土地らしい場所の写真を撮っておこうと思ったのだ。

「まあ、別に見せる相手もいないけど、記念ってことで……」

誰に言うともなく苦笑しながら傘を広げ、門の外、その全景が見える位置へと移動する。傘が落ちないよう腕で挟んで固定しつつ、正月に買ってもらったスマートフォンを取り出して構えると、液晶画面に映り込んだ自分の顔と目が合った。

身長百五十六センチ、体格は平均よりも少し細め。身に着けているのはお気に入りのオレンジ色のTシャツと茶色のパンツで、短い髪の色はやや明るいがこれは地毛。小柄な上に目が大きいので、実年齢よりも子供っぽく見える。もう少し背を伸ばしたいんだよなと思いつつ、汀一はカメラアプリを起動して、レンズを門へと向けた——その矢先。

「んっ？」

戸惑いの声が思わず漏れた。

スマホを手にして見上げた先、門の上に、細身の人影が傘を差して立っていたのである。暗くてよく見えないが、黒っぽい服を身に纏《まと》っており、手にした傘もどうやら黒系だ。

しかし、なんであんなところに人が？

門の高さは十メートル以上あり、梯子《はしご》も階段も付いていない。そうそう登れる場所でも、登っていい場所でもないはずなのだ。さらに不思議なことには、周辺で記念撮影中の観光客たちも、自転車の乗り入れに目を光らせる警備員も、門の上の人物に気が付いていないようだ。

困惑しながらとっさにカメラを向けてズームすると、その人物の顔が――長い前髪に白い肌、雨空を見上げる細めた目、まっすぐ通った鼻筋などが――画面いっぱいに広がった。顔立ちからするとかなり若い。汀一はスマホを下ろし、肉眼でもう一度その姿を確認しようとした。

「……あ、あれ？」

再び漏れる戸惑いの声。

今の今まで視線の先に立っていたはずの人物の姿は、いつの間にか消えていた。慌ててスマホを再度構えたが、あの傘を差した誰かの姿が画面に映ることはなかった。

気のせいだったのだろうか。それとも何かを見間違えた……？

汀一は眉根を寄せて訝《いぶか》ったが、考えて分かることでもなさそうだ。であれば、くどくど悩んでも仕方ないか。いつものように気楽な自問自答を心中で交《か》わすと、汀一はその場を立ち去り、タクシー乗り場に向かった。

第一話　初勤務日の野鎌《のがま》

金沢に着いた翌日の午後。祖父母とともに昼食を済ませた汀一は、「ちょっと出かけてくる」と告げ、家を出た。

海外赴任する両親の元を離れ、父方の祖父母の家に——つまり、この街に——住むことになったわけだから、これから暮らすことになる金沢の街を一人で歩いてみようと思ったのだ。祖父母の家には幼い頃から何度も訪れているとは言え、滞在してもせいぜい二泊、外に出るとしても近場で外食するくらいだったので、街中の様子はよく知らない。それに、今日は土曜日で、転入先の高校に行くのは週明けの月曜からだし、与えてもらった自室での荷物の整理は済ませたし、これといった用事もないし。

というわけでしばらくぶらついた後、汀一は、橋と川が好きな街だなあ、と思った。

東西に流れる二本の川に挟まれた街ということは地図を見て知っていたものの、それ以外にも、街中にやたらめったら川が流れているのである。「なんとか用水」と表記されているものも多かったので、ああいうのは実際は川ではないのかもだけど、ともかくそこら中に水が流れていることに違いはない。昨日まで汀一が住んでいた奈良の住宅街では用水路はほぼ暗渠《あんきょ》だったので、なかなか新鮮な光景だ。新鮮と言えば、街路樹に柳が多いのも新鮮だった。街路樹と言ったらプラタナスやケヤキのような広葉樹だと思っていた。

あと、これは別に悪口ではないのだけれど——と汀一は胸中で誰かに断った——見通しにくい街だなあ、とも思った。

道がどれも直線ではない上に、その交わり方も垂直ではない。おまけに坂も多いので、この道を進めば何があるのか、いや、それ以前に、どちらに曲がればどの方角に行けるのかがさっぱり分からないのである。ダンジョンみたいで面白いけれど、碁盤の目状に直線道路が伸びる住宅街に住んでいた身としては、慣れるのが大変そうだなと汀一は思った。これは迷う。絶対迷う。

もっとも今日のところはどこに向かっているわけでもないので、多少迷っても問題はない。困るとしたら明日からだし、何かあったらその時になってから悩めばいいか。そんなことを思いながら、汀一は金沢の街中をあてもなく歩いた。

幸い金沢は歴史のある観光地であり、観光客も多いので、よそ者感丸出しの男子がキョロキョロふらふらしていても浮くことはなかった。

デパートやゲームセンターなどの並ぶ繁華街を抜け、大きな魚市場の前を通り、比較的落ち着いた雰囲気の方向に少し歩くと、小さなバス停の向こうにある木製の立派な門が目についた。泉鏡《いずみきょう》花《か》という作家の記念館だそうだが、改装中で閉館していたので、汀一は近くの神社に足を向けてみた。

神社の奥には下りの石段があり、別の通りに抜けられるようだ。既に日暮れ時に差し掛かっており、東の空はそろそろ暗くなりつつある。大きな川が近いのだろう、石段の先からは水の流れる音が聞こえてくる。それに釣られるように細い石段を下ると、正面に細い道がまっすぐ伸びており、その脇には「暗《くら》がり坂」と刻まれた石碑が立っていた。この石段……と言うか、この一帯の名前らしい。

「へー。確かに暗い坂だな」

誰に言うともなく汀一は声に出して納得した。二人並んで歩くと肩がぶつかりそうなくらいに道が狭い上、道の左右には二階建てかそれ以上の高さの町家《まちや》が並んでいるため、日が当たらないのだ。しかもその先はいっそう道が細く暗い。直進すると誰かの家に出てしまいそうな気がしたので、石段の下まで戻り、横道に折れることにした。

ここも細かったがさっきの道よりはまだ広く、一車線ほどの幅はある。例によって古い家が立ち並ぶ中を少し進むと、咲き誇る紫陽花《あじさい》に囲まれるようにしてその店が建っていた。

門柱や前庭はなく玄関がいきなり道路に面しているという、金沢市内にはよくある作りの古い町家である。黒い屋根瓦の木造二階建てで、赤茶けた柱はところどころがひび割れており、道に面した壁には目の細かい格子《こうし》が縦縞《たてじま》のように並んでいる。板戸にも同じように格子が並んでいるので中は見えないが、戸の上にはおそろしく古い看板が掲げられ、「古道具売買　蔵借堂」という文字列が浮き彫りになっていた。

「古道具屋……ええと、『ぞうしゃくどう』……？」

読み方に首を捻《ひね》りながら汀一は店構えを見回した。人気はなく、営業中の看板もなかったが、手書きで「アルバイト・パート募集中　土日のみでも可　要相談」と書かれた紙が画鋲で留められているので、閉業しているわけではないようだ。店頭には、赤黒い雨傘の刺さった傘立てが一つと、それに縦長の大ぶりな壺と古びた鏡台が放置されていた。

傘立てはともかく、壺と鏡台は店が買い入れたものか何かだろうか？　にしても、置きっぱなしにするなんて不用心な……。そんなことを内心でつぶやきつつ、汀一は古道具屋の前からすぐに離れた。うっかり壺や鏡台を蹴ってしまうと大変だし、そもそも古道具に興味はない。むしろ汀一の興味を惹いたのは、古道具屋のすぐ右、薄い壁を隔ててすぐ隣にあるカフェだった。

「和風カフェ　つくも」。

店先の小さな立て看板には、ポップな字体でそう記されていた。その下には、「珈琲450円」「ケーキセットあります」といった文章も並んでいる。

屋根が繋がっているところを見ると、カフェと古道具屋で同じ建物を半分ずつ共用しているようだが、店構えの印象はまるで違った。中を見せない古道具屋に対し、「つくも」の方の入り口は一部が透けたガラス戸になっているのでまだ敷居が低い。

「ケーキセットか。いくらかな」

ガラス戸の前で汀一の足が止まる。しばらく歩き回った後なので喉も渇いているし、お腹も多少減っている。そうでなくとも汀一は元々甘いものが好きだった。高校生がふらっと一人で入っても大丈夫な感じの店ならいいんだけれど……。

興味を惹かれた汀一が、店の中の様子を見ようとガラス戸の透けている部分に目を向ける。と、ウエイトレスなのだろう、エプロン姿のショートボブの少女の姿が目に留まった。店の奥にいる誰かと談笑しているようで、横顔に気さくな笑みが浮かんでいる。周りが明るくなるような柔らかで温かなその笑顔に、汀一は思わず見入った。

綺麗な子だな、と胸中で心の声が響く。せっかくだし入ってみようか。でも念のため、店の中の様子をもうちょっと見てから……。そう考えた汀一が、少し立ち位置を変えた、その時だった。

右足のかかとが、コツン、と何かに当たる。反射的に振り返ると、店先に置かれていた壺がアスファルトの上に倒れ込むところだった。

「あっ」

引き絞ったような悲鳴が口から漏れる。絶対に間に合わないと悟りながら思わず手を伸ばした……いや、伸ばそうとしたその直後、壺は汀一の眼前であっけなく地面に激突した。バリン、と派手な音が響き、陶器の破片が四方に飛び散る。

「あああああああーっ！」

みっともない大声が古道具屋の軒先に響いた。

やってしまった！　と言うか、さっきまで壺はこんな近くになかったはずでは？　いやでも、実際に蹴ってしまった以上そんなはずはないのだけど、てかそれより弁償だろう！　値札も何もないけれど、こういうのって高いんじゃないか？　にしても、引っ越してきた翌日にこんなことやらかすなんて！　いやそれより先に謝らないと……。

様々な思いが一気にこみ上げ、冷や汗がだらだらと流れ出す。そのまま呆然と割れた壺を眺めること約一秒、ふいに古道具屋の格子戸ががらりと開いた。

その音に我に返った汀一がはっとそちらに向き直ると、古道具屋の中から出てきた人物と目が合った。

「あ！　あ、あの……」

「今の音は君か」

汀一のおろおろと狼狽した声に、端的な問いかけが重なり、打ち消す。

格子戸を開けて出てきたのは、長身で色白の若者……いや、汀一の印象をそのまま言葉にするなら「少年」だった。

見たところ年齢は汀一と同じか少し上。身長百七十六センチのすらりとした痩身で、背筋はまっすぐ伸びており、ついでに鼻筋もまっすぐだ。艶やかな黒髪は男子にしては長く、襟足が首筋に、前髪が左の目に掛かっていた。身に着けているのは濃紺詰襟の長袖シャツで、ボタンは首元までしっかり締められ、黒のスラックスにはきっちりと折り目が付いている。そのすらりとした背丈とスタイルをまず羨んだ後、汀一はふと眉根を寄せた。

この、いかにも生真面目で厳しそうな端正な顔、確かどこかで見たような……？　って、引っ越してきたばかりの土地に知り合いがいるはずないだろう。汀一が自問自答している間に、その少年は敷居をまたいで後ろ手で戸を閉め、青みがかった細い目をさらに細めながら再び声を発した。

「聞こえていないのか？　今の音の原因、つまり、今から僕が店内に運び込もうとしていたこの壺を割ったのは君なのか、と聞いているんだが？」

「え？　ええと……このお店の人、ですか？」

「そうに決まっているだろう。それより僕の質問に答えてくれないか」

「あっ、うん――じゃない、はい！　すみません、おれが割ってしまいました……」

「だろうな」

慌てて頭を下げる汀一の頭上に、少年の冷ややかな声が響く。青くなった汀一が「ほんとすみません」「弁償しますから」と弁解を続けていると、その声を聞きつけたのか、右隣のカフェのガラス戸が開き、エプロン姿の女の子と前掛けを着けた男性とが現れた。

「何何。どうしたの？　……あ、なんとなく分かったかも」

「あー、なるほど。やっちゃったねえ、これは」

お盆を手にしたショートボブの女の子と、五十代半ばほどの眼鏡の男性が古道具屋の軒先の光景を見てうなずき合う。割れた壺と頭を下げる汀一、その前で腕を組んで眉根を寄せる長髪の少年を見て、おおまかな事情を察したようだ。眼鏡に前掛けの男性は、なるほどねえ、と繰り返した後、平身低頭状態のままの汀一に歩み寄った。

身長は汀一と同じくらい、シャツにベストにネクタイに前掛けという、いかにもカフェのカウンターの中にいそうなスタイルのその男性は、人の良さそうな面長の顔を汀一に向け、困ったような笑みを浮かべて問いかけた。

「これ、君が？」

「はい……。いや、ええと、こっちの古道具屋さんとのことなので、そちらには」

「こちらのカフェには無関係って言いたいのかい？　あいにくそうでもないんだよねえ。どっちもうちの店だから」

前掛け姿の男性が汀一の言葉をやんわり遮《さえぎ》る。え、と目を瞬《またた》く汀一の前で、その男性は古道具屋とカフェを交互に指差した。

「ほら、見ての通り繋がってるわけだから。うち、元々は古道具屋『蔵借堂《くらがりどう》』一本だったんだけど、しばらく前に間口の半分をカフェにしたんだよねえ」

「あ。『くらがりどう』って読むんですね、あの看板」

「暗がり坂に近いからね。そこに因《ちな》んだとかそうでないとか……。ともかく、このご時世、古道具だけじゃなかなか難しいんだよね。それに、せっかく観光地なんだから一見さんにも入りやすいお店を構えた方が賢いでしょ？」

「でしょ、と言われても……。そういうものなんですか」

「そういうものなんですよ。だから僕は今このカフェ『つくも』のマスター、もとい大将として経営状態の向上に努めて」

「大将。今その話はしなくていいよね。この子、困ってるじゃない」

長くなりそうだった自称「大将」に割り込んで止めてくれたのは、お盆を持ったエプロン姿の女の子だった。「ごめんね、この人話長くって」と、整った顔に苦笑いが浮かぶ。

少女の背丈は汀一よりほんの少し低めの百五十五センチほど。淡い黄色のブラウスと紫のスカートに、焦げ茶色のエプロンを重ねており、手には漆《うるし》塗りの丸盆。髪型は丸みのあるショートボブで、少し釣り目気味の大きな瞳と下がり眉が見る人の目を引き付ける。

上品で清楚な雰囲気と言い、柔らかな体格のラインと言い、端的に言えばとても可愛い人だと汀一は思ったのだが、この状況でそんなことを話題にできるはずもなく「いえ」と返すのが精一杯だった。

＊　＊　＊

その後、「店先でずっと話さなくてもよくない？　今お客さんいないしさ」という女の子の提案で、一同はカフェ「つくも」の店内へ移動した。

汀一がおずおず足を踏み入れた店内は、外観同様の落ち着いた和風な雰囲気で満たされていた。カウンターを囲んでテーブル席が四つだけのこぢんまりとした店で、行燈《あんどん》を模したルームライトが板張りの空間を淡く優しく照らしている。壁の棚には様々なカップがずらりと並び、「器をご指定いただけます」と張り紙が添えられていた。上品で居心地のいい店だな、と汀一は思った。

自称大将の男性は、汀一を四人掛けテーブルに案内してお冷を出し、自分はその向かいに腰を下ろした。エプロンの女の子と長髪の少年は近くの席に陣取り、汀一の方を眺めている。三対の視線に縮こまる汀一を前に、前掛け姿の大将は「そう硬くならずに」と苦笑し、口を開いた。

「そう言えばまだ名乗ってなかったね。ここの経営者の瀬戸《せと》です」

「か、葛城汀一です。あの……ほんとすみませんでした。足が当たっちゃって」

「まあ落ち着いて。不可抗力なんだろうから、そこまで責めるつもりもないし。そこまで高いものでもないしね。しかし、どうしてあれを蹴っ飛ばしちゃったわけ？」

「よそ見をしていて……」

「よそ見って何を見てたの？　このあたり、見るものそんなにないよね」

口を挟んだのは隣のテーブルの女の子だった。何気ないその質問に、汀一が言葉に詰まったのは言うまでもない。

何と聞かれると、その答はまあ「あなたを見ていたからです」ということになるのだが、売り物を蹴り割った犯人がいきなりそんなことを言い始めたら開き直りもはなはだしい。だったらどう取り繕えばいい？　他に何か目を引くようなものがなかったっけか？　汀一はとっさに店先の光景を回想し、「その」と抑えた声を発した。

「ば、バイト募集の張り紙があったじゃないですか？　あれをよく見ようとして……」

「ほう？」

汀一がおずおず切り出した途端、瀬戸の眼鏡の奥の目が広がった。軽く身を乗り出した瀬戸が、興味深げな視線を汀一に向ける。

「つまり君はバイト先を探していたと。つかぬことを聞くが、葛城くんは高校生かな」

「はい、高一です」

「そうなんだ！　ごめん、中学生かと思ってた。じゃあわたしたちと一緒だね」

ショートボブの女の子が楽しそうにコメントし、だよね、と視線を向けられた長髪の少年が「だからどうした」と切り返す。へー、二人とも同い年なのか。親近感を覚えた汀一に、女の子がさらに尋ねる。

「家はどこ？　市内？」

「うん。確か、長町《ながまち》ってところ……。昨日引っ越してきたばかりなので、番地とかまではまだ覚えてないんだけど……ないんですけど、アルバイトは、できればしたいとは思っていて。おれ、昨日から祖父と祖母のところに住んでるんですが……」

同学年の二人のことも気になるが、今はそれより弁解だ。汀一はすぐに瀬戸に向き直り、ぽつぽつと言葉を重ねていった。

バイト募集のポスターに目を取られて、というのはとっさに捻り出した言い訳だったが、バイトに興味があるのは本当だった。祖父母は「年金暮らしだからって気にするな、小遣いくらいは出すから」と言ってくれているし、両親からの送金もあるのは知っている。だからそこまで気を遣う必要はないとは分かっているが、負担をかけないに越したことはないし、小遣いくらいは自分で稼ぎたいと思っていて……。

と、そんなようなことを話すと、瀬戸は「ふうむ」と一声唸り、ややあって、テーブルに片肘を突いて身を乗り出した。

「あのさ。君、割っちゃった壺は弁償しなくていいから、うちで働かない？」

「へっ？」

「えっ」

「何を……！」

瀬戸の意外な申し出に、汀一と女の子と長髪の少年の声とが重なった。少年少女の大げさなリアクションに、瀬戸は「そんな驚かなくても」と苦笑し、汀一を見つめて説明した。

曰く、さっき話したように店を半分カフェにしてしまったので、自分はそっちに常駐しなければならず、結果、古道具屋の方はどうしても手薄になりがちである。呼ばれたら行くようにはしているが、カフェの方が忙しい時はそうもいかないし、カウンターに座って「営業中です」とアピールしてくれる人が欲しいなあとは思っており、都合の付く放課後と土日だけでも入ってくれると助かるのだがどうだ、とのことだった。

「しがらみのない人が欲しかったからさ、引っ越してきたばっかりの高校生ならちょうどいいんだよねえ。あ、仕事は簡単だよ？　要するに座っててくれればいいんだから、知識も技能もなくて大丈夫。スマホを弄ってようが宿題してようが本を読んでようが歌を歌ってようが……いや歌はダメか。ともかく大体自由だよ。どうだい？」

「え？　いや、どうだいと言われましても……」

期待に満ちた瀬戸の視線から逃げるように汀一は目線を逸らし、言葉を途切れさせた。そっと横目を向けた先、隣のテーブルでは、詰襟シャツの長髪の少年が「自分はこいつを雇うことには反対です」と無言で訴え続けている。その険しい顔に怯えつつ、汀一は少年をそっと手で示して問いかけた。

「そもそも、古道具屋に人手が足りていないという話ですけど……だったらこの人は」

「僕は時雨《しぐれ》。濡神《ぬれがみ》時雨だ」

はっきりとした自己紹介が汀一の質問に割り込んだ。

「ぬれがみしぐれ……？」

姓名ともに聞き慣れない名前を思わず汀一が繰り返すと、古道具屋から現れた長髪の少年――濡神時雨は深くうなずいた。その隣の席の女の子が続けて名乗る。

「そうか、まだ名乗ってなかったっけ。わたし向井崎亜香里《むかいざきあかり》。よろしくね」

「あ、どうも……！　おれは葛城汀一で」

「それはもう聞いたよ」

「え？　あっ、そっか、そうだっけ。緊張しちゃって……」

亜香里の気さくな笑みに汀一の顔が赤くなる。へへへ、としまりのない照れ隠しの笑いを浮かべた後、汀一は慌てて瀬戸と時雨に向き直り、話を戻した。

「古道具屋には、こちらの濡神……くんがいるんじゃないんですか？　さっきお店から出てきたってことは、古道具屋の人なんですよね。それともたまたま居合わせただけ？」

「いや、僕はここに住んでいる。瀬戸さんや亜香里と同様に」

「『同様に』……？」

時雨のあっさりした回答を受け、汀一は思わず問い返していた。全員の苗字がまるで違うのに、一緒に暮らしてるってこと？　何か複雑な事情でもあるのかと汀一は訝ったが、この状況でプライバシーにがんがん首を突っ込めるほど図太くはないのですぐ黙る。だが、と時雨がさらに続ける。

「僕は普段は店の奥の工房で作業の手伝いをしているし、外に出ることも多い。だから店頭に常駐するわけにはいかないんだ」

「あー。だからバイトが要ると」

「それはあくまで瀬戸さんの主張だ。カウンターに誰かいた方がいいという意見はともかく、僕は部外者のバイトを雇うことには反対だ。ましてや君のような……店頭の商品をうっかり破損するような不注意な人はどうかと思う」

納得した汀一に時雨が憮然《ぶぜん》と切り返す。面と向かってそこまできっぱり否定されると一周回って気持ちが良い。汀一は「はああ」とだけ相槌《あいづち》を打ったが、そこに瀬戸が穏やかに口を挟んだ。

「僕は良いと思うけどねえ。それに、時雨くんに友人を作るきっかけになるかも」

「え?」

「ああ、なるほど。確かに、時雨はもっと同年代の友達作った方がいいもんね」

面食らう時雨の隣で亜香里がしみじみとうなずく。時雨は「いや、それとこれとは別の話だろう」と食い下がったが——いや、食い下がろうとしたが、そこに亜香里がすかさず反論した。

「全然別じゃないよ。それに今は瀬戸さんと葛城くんが話してるんだから、時雨はちょっと待ってなさい。いい？」

「……分かった」

亜香里にきっと見据えられた時雨が悔しそうに押し黙る。背丈こそ時雨の方がはるかに上だが、力関係では亜香里の方が上のようだ。同い年だそうだけどお姉さんと弟っぽいな、と汀一は思い、二人はどういう関係なんだろう、とも思った。

時雨が静かになったところで、汀一は改めて瀬戸からバイトの条件の説明を受けた。

仕事の内容は、土日や平日の夕方の店番である。基本、入れる時に入ってくれれば構わないから、と瀬戸は言い足した。値札が張ってあるものは普通に売れればいいし、そうでない場合は瀬戸や時雨を呼ぶこと。以上。ちなみに時給は汀一が思ったよりは高かった。正直、素人の高校生には充分な額である。

一通り聞いた汀一は、天然木のテーブルを見つめながら考えた。壺を蹴っ飛ばしてしまった時はこんなことになるとは思わなかったが、これは決して悪い話ではない。無言のまま「お前みたいなバイトは要らんのだが？」と訴え続ける時雨はちょっと怖いが、話を聞く限り仕事は楽そうだし、バイトするなら壺は弁償しなくていいらしいし、小遣い稼ぎにもなり、しかも亜香里の隣で——正確には同じ屋根の下の隣の店で——働けるわけで、だったら断る理由はない。汀一は顔を上げ、口を開いた。

「あの……おれとしては、すごくありがたいお話だと思います。ですけど、一回、家に帰って相談させてもらっていいですか」

「ああ、それもそうだよね。未成年だもんね、保護者の同意は要るよね。もちろんですよ。色よい返事をお待ちしております」

穏やかな笑顔の瀬戸が慇懃《いんぎん》に頭を下げる。「こちらこそ」と礼を返し、瀬戸と連絡先を交換してから席を立つと、亜香里が気さくに微笑んだ。

「一緒に働けるといいね。一緒って言うか、隣だけど」

「うん。ありがとう」

「時雨もほら、『待ってます』とか言わないと」

「なぜ思ってもいないことを言わなくちゃいけないんだ。正直、店先の壺を蹴り飛ばすようなやつは、僕は店に入れたくはない」

依然として憮然とした顔で眉根を寄せる時雨である。汀一は「以後、気を付けます」と顔を伏せ、一同を見回して再度一礼した。

「今日はほんとお騒がせしました。まっすぐ帰って、このこと相談してきますので」

「まっすぐ？　いや、別にそんなに急がなくてもいいよ」

「いえ、それじゃ申し訳ないので……。それに、もうそろそろ帰ろうと思ってましたし。じゃあ失礼します」

そう言って席を立った汀一は、カフェのガラス戸に手を掛け、そこでぴたりと固まった。

困惑した顔で静止する汀一に、「どうしたの？」と亜香里が問いかける。

「忘れ物？」

「じゃないんだけど……あの、ええと……つかぬことを伺いますが……おれの家にまっすぐ帰るには、どうすればいいんですかね……？」

「はあっ？」

汀一がぼそぼそと尋ねると、時雨は一層険しい顔になって戸惑いの声を発した。同時に亜香里がぷっと噴き出す。

「あっ、笑っちゃってごめん。そうだよね、引っ越してきたばかりだったら、道が分からなくても仕方ないよね」

「う、うん……。ふらふら歩いてここまで来たから……」

「なるほどねえ。なら時雨くん、彼を案内して送ってあげなさい」

「僕ですか？　瀬戸さんどうして僕が」

「困った時はお互い様だよ。そっちのお店は見ておくから」

瀬戸がきっぱり言い切ると、時雨はそれはもう不本意そうに立ち上がり、縮こまる汀一に「行こう」と声を掛けてカフェを出た。一応案内してくれるようだ。瀬戸と亜香里に別れを告げ、汀一は慌てて後に続く。

時雨は古道具屋の店先の傘立てに立ててあった赤黒い傘を手に取り、歩き出す。それ、こいつの傘だったんだと納得しながら、汀一はおずおずと時雨の横に並んだ。こうして隣から見上げると、その背の高さがよく分かる。

「あの、濡神くん？　なんで傘を？　雨降ってないけど」

「見れば分かる。バス停まででいいか？」

「え。あ、うん……。でも、どのバスに」

「どれに乗ってどこで降りればいいかは教える。家は長町だったな。どのあたりだ」

「それが言えれば苦労はしないわけでして」

「……近くに何がある」

「えーと……そうそう、新しい体育館があった！　市民体育館みたいなやつ」

「ああ、三丁目か」

うなずきつつ、時雨はさっき汀一が下ってきた石段の下に出た。そこを上るのかと思いきや、時雨は階段を下りた先にまっすぐ伸びる、やたらと細い道へと向かってしまう。

「そっちなの？　バス停なら、階段の上の道にあった気がするんだけど」

「記念館前より浅野《あさの》川大橋《がわおおはし》のたもとの乗り場の方がバスの本数が多い」

「あ、そうなんだ」

きっぱりとした物言いに汀一が応じ、会話はそこで途切れてしまった。横に並ぶのすら難しいような細い道を、時雨はずんずん進んでいく。気まずい数秒の沈黙の後、汀一は眼前のまっすぐ伸びた背中に声を掛けた。

「……壺割っちゃってごめん」

「もういい。不可抗力なら仕方ない」

「は、はい……。それとあの、もう一ついい？　なんでわざわざ傘を」

「しつこいな。使うからだ」

「使うって、雨なんか降ってないのに……？」

暗くなってきた空を見上げて汀一が首を捻った、その矢先だった。汀一の眉間にぽたりと空から水滴が落ちた。え、と戸惑う間にも、水滴は――いや雨粒は、次々と汀一の上に降り注いできたが、すぐに視界に赤黒い布が広がり、雨を防いでくれた。

時雨が傘を広げたのだ。汀一が濡れないよう腕をまっすぐ伸ばしてくれている。「言ったろう」と言いたげなその顔を見上げ、汀一は立ち止まったまま目を丸くした。

「ありがとう。降るって分かってたわけ？」

「金沢は雨が多いからな」

「へー。だとしてもすごいね、濡神く」

「時雨だ」

ぶっきらぼうな一声が、汀一の言葉に割り込み、遮る。「え？」と見返す汀一に溜息を返し、行くぞ、と視線で促しながら、時雨は肩をすくめて続けた。

「『時雨』でいい。苗字では呼ばれ慣れていないし、くん付けもどうも気味が悪い」

「そうなんだ。あ、じゃあおれのことも汀一でいいから」

「分かった。もっとも、呼ぶ機会はそんなにないとは思うが」

フレンドリーに笑う汀一に時雨が呆れた顔を向け、そうかもね、と汀一が苦笑する。そうして時雨の傘に入ったまま細い道を進むと、大きな川沿いの石畳の道に出た。

開けた視界に広がる光景に、汀一は思わず立ち止まり、へえ、と声を漏らした。

川を見下ろす石畳の道沿いに軒を連ねるのは、ぼんぼりのような外灯を掲げた風情のある町家である。さっきの古道具屋でも見たような壁の格子が印象的だ。

目の前を流れる川は、川幅こそ広いが、水量は少なく流れも穏やかで、よく澄み切った水が外灯の光を淡く照り返しながら、夕闇の薄暗がりの中をさらさらと流れている。降り出した雨を避けながら数組の観光客が写真を撮っていたが、この風景を残しておきたい気持ちは汀一にもよく分かった。

「綺麗なところだね……！　絵みたいだ」

「漠然とした感想だな。絵と言っても色々あるだろう」

「……ごめん」

「別に責めているわけじゃない」

「はい……。ここって、どういう場所なの？」

「主計町《かずえまち》の茶屋街だ。そこの川が浅野川。金沢の二つの大河のうち、『女川《おんながわ》』と呼ばれている方だ」

「女川……？　女の人っぽいのかどうかはよく分からないけど……でも、なんだかありがたい気持ちになる川だね」

素直な感想を口にしながら、汀一は川とその周辺の光景を眺めた。何を立ち止まっている、早く歩け、と急かされるかと思ったが、時雨は地元の光景を誉められたことでまんざらでもない気持ちになったのか、汀一の横に立ち止まったままうなずいた。

「実際、この川は一種の信仰対象だからな。彼岸の中日の深夜、この川に架かる七つの橋を渡る『七つ橋渡り』という行事があるくらいだ」

「それをするとどうなるの」

「詳しくは知らない。寝たきりや中風《ちゅうふう》にならないとか、そんな話だったと思うが……要するに、不穏な邪気を川に流してしまうわけだ。古来、流れる水は邪気を祓うとされているから、そのあたりから出た行事だろうと瀬戸さんは言っていた。……ほら、行くぞ」

「あ、うん。ちなみにここが女川だとすると、男川《おとこがわ》もあるわけ？」

「ああ。男川は、街の南側を東西に流れる犀川《さいがわ》の俗称だ。あっちは浅野川に比べて流れも速いし水量も多く、雄々しいからな」

「へー。また見に行ってみるよ。にしても、大きい川っていいよね。前に住んでたところは全部暗渠だったから新鮮だ」

傘の下から川を見下ろしながら汀一が素直な感想を口にする。それを聞いた時雨は、この小柄な同い年の男子に少し興味を持ったのか、あるいは単なる社交辞令か、抑えた声を発した。

「金沢に来る前はどこに住んでいたんだ?」

「奈良だよ。奈良と大阪の県境あたりの新興住宅地。その前は埼玉で、そのもう一つ前は岐阜だった」

「引っ越しが多いんだな」

「うちの父親、プログラマーでさ。そこそこ優秀らしいんだけど、ヘッドハンティング受けるのが好きで、よく転職するんだよね。で、その度に勤め先が変わるから、あっち行ったりこっち行ったり落ち着かなくて。俺の名前が汀一なのに」

「何?」

「だから、『ていいち』なのに定位置にいなくて引っ越しが多いという……いえ、何でもないです。忘れて」

で、その父親が、今度はシンガポールの企業に引き抜かれて……と、汀一は歩きながら続けた。汀一は日本にいたかったし、両親も「高校生だから親がいなくても大丈夫だろう」と納得してくれたので、金沢にいる父方の祖父母のところに引っ越してきたのだ。

「転入試験受けなきゃいけなかったんだけど、受験勉強が抜けてないうちで助かったよ」

「転入先はどこの高校なんだ？」

「えーとね、確か石川県立の……」

　週明けから通うことになっている公立高校の名前を汀一が告げる。「そこの一年四組」

と言い足すと、時雨はふいに立ち止まり、怪訝な顔で傍らの汀一を見下ろした。

「今の話は本当か？」

「う、うん。そのはずだけど……どうして？」

「……僕も、その学校のそのクラスに在籍しているからだ」

　抑えた声が浅野川沿いに響き、時雨が再び歩き出す。汀一は慌てて歩調を合わせ、時雨の顔をまじまじと見上げたが、すぐにほっと安堵の溜息を落とした。

「そうなんだ……！　良かった」

「『良かった』？　何がだ」

「え？　いや、だって、転校前に知り合いが出来たわけだから、そりゃ喜ぶでしょ」

「……そういうものなのか？」

「そういうものだよ。おれ、転校は多かったけど、知らない人しかいないクラスに入ったことしかない」

「当然だろう。新しい土地に移るわけだから」

「分かってるけど、だからこそだよ。知り合いがいるだけで安心感が全然違う」

大げさに胸を撫で下ろした汀一が、良かった良かったと笑顔で何度もうなずく。それを見た時雨は不可解そうに首を傾げ、心底怪訝な目を傍らの小柄な同級生へと向けた。その意外な反応に、汀一は目を瞬いて問いかけた。

「なんで『わけがわからない』みたいな顔を……？」

「それはこっちが聞きたい。……自分で言うのも何だけれど、僕はさっき、君のことをかなり悪《あ》しざまに評したし、今だって決して友好的な態度を取っているわけじゃない。そんなのと同じクラスで嬉しいのか、君は？　むしろ残念がるのが当然では」

「あー、なるほど。正直、時雨のことは、とっつきづらそうな人だなとは思ってるけど」

「本当に正直だな」

「ごめん！　でも、残念だなんて思わないよ。さっきの状況なら時雨が怒るのは当たり前だし。自分のところの商品を蹴っ飛ばされて壊されたんだから。おれ、結構へらへら笑ってやりすごしちゃう方だから、怒れる時に怒れるのって偉いと思うし、尊敬する」

けろりとした顔でそう告げた上で、汀一は「さっきはほんとごめん」と重ねて詫びた。その答が予想外のものだったのだろう、時雨はきょとんと目を丸くしていたが、ややあって薄赤くなった顔を少し上げ、それはもう抑えた声をぼそりと発した。

「……さっきは、ちょっとこし大人げなかった」

「え」

「何でもない」

　ぶっきらぼうにそう言い切るなり、時雨は歩調を速めた。傘から出ると濡れてしまうので汀一も慌てて続く。

「『ちょっこし』って金沢弁？」

「え？　……ああ。たまに出てしまうんだ」

「出てしまうって、別に悪いもんじゃないんだから。他にどういうのがあるの」

「いきなり聞かれてもパッと出てこないが……『あんやと』とか、『げん』や『がん』、『がいや』のような語尾などだ。『何言うとるげん』のように使う」

「あんやとってのは、ありがとうってことだよね。うちの祖母《ばあ》ちゃんがよく言う」

「よく考えたら君の祖父母はこの街の人なんだろう。僕に聞かずに家で聞けばいい」

　呆れた様子で時雨が告げる。そりゃそうだと汀一は笑った。

　やがて立派な橋のたもとのバス停に着くと、時雨は汀一にこれから乗るべきバスと降りるべき停留所を懇切丁寧に教えてくれた。さらには「高校にバスで通うつもりなら、バス用のＩＣカードを買っておくといい」とも説明し、それをどこで買えばいいのかまで教えてくれた上、汀一が乗るべきバスが来るまで一緒に待ち、見送ってくれた。

　バスの窓ガラス越しに、傘を差した長身の人影が遠ざかっていく。それを見ながら、そっけないしドライで不愛想だけど、悪いやつじゃないんだな、と汀一は思い、微笑んだ。

＊　＊　＊

そして翌日の日曜日、午前十時少し過ぎ。汀一は再び古道具屋「蔵借堂」を訪れていた。隣のカフェには「準備中／午前十一時〜」のプレートが下がっていたが、古道具屋の方には、昨日同様、営業中だとか準備中だとか示すものは何もない。だが格子戸に手を掛けてみると鍵は掛かっていなかったので、汀一はそろそろと戸を引き開けた。

「あのー、葛城汀一です。昨日のお話のお返事に——ひっ？」

挨拶の途中で汀一の声がひっくり返った。戸を開けたすぐそこに、厳めしい顔の偉丈夫《いじょうぶ》が立っており、汀一をぎろりと見下ろしたのだ。

百九十センチ近い長身で、年齢はおそらく三十歳前後。武骨で掘りの深い顔は浅黒く、頭には赤い手ぬぐいを巻き、右手には使い込まれた道具箱を下げている。水泳選手を思わせる精悍かつ筋肉質な体に纏っているのは青緑色の半袖の作務衣《さむえ》で、まくりあげた肩口からは幾何学《きかがく》模様のタトゥーが覗いていた。

迫力と凄味に溢れた容貌に汀一が思わず後ずさる。と、作務衣の男性は軽く首を捻り、店先まで進み出て、怯える来訪者を見下ろした。

「……何か？」

「あ、いえ、昨日こちらの店にお伺いしました葛城汀一というものですが……」

「ああ。バイトをするかもしれないという高校生か。大将や時雨から話は聞いている」

作務衣の男が得心するが、汀一にしてみれば、こんなアジアンマフィアみたいな人がいるという話は聞いてない。「このお店の方ですか」と恐る恐る尋ねると、男は軽く首肯し、よく響く重たい声を発した。

「蔵借堂の住み込み従業員、北四方木《きたよもぎ》蒼十郎《そうじゅうろう》だ」

「きたよもぎ、そうじゅうろう……さん、ですか」

長く古風な名前だが、この男性には似合っている気がする。他にもまだ従業員がいるのだろうか、などと思っていると蒼十郎は「それで？」と声を重ねた。

「何の用だろうか」

「あ、はい！　祖父母と相談してバイトの許可を取ったので……その古道具屋さんの名前は初めて聞くが、あのあたりで古くからやってるお店なら安心だろう、って。なのでそのことをお伝えして、いつから入ればいいか聞こうと思ってきたんですが……」

「そうか。なら丁度良かった。施錠して出るつもりだったが、店番を頼む」

「あっ、はい。分かりました。……はい？」

釣り込まれるようにうなずいた直後、汀一は蒼十郎を二度見した。この人はいきなり何を言い出したんだ。

「店番って、おれ一人でですか？」

「そうだが？　俺は今から出かける用事があるし、君はアルバイトなのだろう」

「そうですけど……いや、そうなんですかね？　まだそうじゃない気もするんですが……

大体、おれ来たばっかりで何も分かんないですよ」

「日本語が話せて足し算と引き算ができれば務まる仕事だ。勘定台に」

「すみません。『勘定台』がまず分かりません」

「カウンターと言えば分かるか？　そこに座っていて、もし客が来たら値札の値段で売れ
ばいいし、それ以外のことはしなくていい。それに、瀬戸の大将がもうすぐ買い出しから
帰ってくる。時雨も一緒だから、分からないことがあれば聞いてくれ」

「え。瀬戸さん今いないんですか？　時雨も？」

「ああ。では、行ってくる」

きっぱりした口調でそう告げると、蒼十郎は足早に立ち去ってしまい、汀一だけが残さ
れた。思い出したように「行ってらっしゃーい……」と手を振った後、汀一は人気のない
店先で肩を落とし、溜息も落とした。

「いい加減な店だなあ……。おれがお金持って逃げたらどうするつもりなんだろう」

首を捻りながら「蔵借堂」の看板を見上げてみる。初バイトなので詳しいことは知らな

いが、普通は誓約書とか履歴書とか研修とかタイムカードとか、そういうのがあるのではなかろうか。数秒間途方に暮れてみたが、ここで帰るわけにもいかない。汀一はおずおずと格子戸を開け、蔵借堂の中に入った。

「へー。こんな風になってるんだ」

静かで薄暗い場所だ、というのが最初の印象だった。

笠付きの蛍光灯がぼんやり照らす売り場の広さは十畳ほど。幅より奥行きが一・五倍ほど長い長方形の部屋である。壁は黒い焼き板で、床はコンクリートがむき出しになっている。壁際や部屋の中央の棚には、古道具が所狭しと値札付きで陳列されており、部屋の右隅からは木製の急な階段が上階へと伸びていた。その階段の下には、勘定台ことカウンターが入り口に向けて設けられている。

年季の入った天板の上に並ぶのは、大学ノートにペン立て、古びたレジスター、電卓、電気スタンドなど。さらにその奥に目を向けると、これまた年季の入った上がりかまちがあり、障子戸がその先を閉ざしている。ここから奥はバックヤードということらしい。

「ここにいればいいんだよな、とりあえず……」

誰に言うともなくつぶやきながら汀一はとりあえずカウンターの内側の丸椅子に座り、二分ほどして立ち上がった。

店番を引き受けてしまった——「押し付けられた」とも言えそうだが——以上、どういうものを売っているのか把握しておいた方がいいよな、と思ったのだ。

「ふーん……」

陳列された古道具をしげしげ眺めながら店内を歩く。売り場は中央の棚で二列に区切られており、基本的に大きなものは壁際に、比較的小さなものは棚に並べられていたが、商品の幾つかは壁に固定されたり吊り下げられたりしていた。

並んでいる商品の種類は幅広い。ヤカンや鍋、釜のような調理器具があるかと思えば、甕《かめ》や壺と言った陶器もあり、アイロンやレコードプレーヤーだってある。その他、昨日見かけた鏡台、立派な簞笥《たんす》や古い火鉢、色褪せた卓袱台《ちゃぶだい》、柱時計に掛け時計、鎌《かま》や鉈《なた》などの農具、弁当箱や櫛《くし》や筆に楽器類、さらには何に使うのかよく分からない道具類などなど、サイズも用途も種種雑多だ。

共通しているのは「古い」ということと、あと、全体的に割と安い、ということくらいである。値札がないものもちらほらあったが、ざっと見て回った範囲だと価格はほぼ数百円から数千円で、大きなものでもせいぜい数万円に収まっている。

掛け軸とか彫刻とか日本刀のような美術品の類も見当たらないし、ここが扱っているのは骨董や古美術品ではなく、まさしく「古道具」なのだな。そのことを汀一は深く実感し、直後、眉をひそめた。

「買う人いるのかな、こういうの……」

素直な疑問が自然と漏れる。金沢は古い家が多い街ではあるものの、生活様式まで昔のままということはないだろう。

――ともかく、このご時世、古道具だけじゃなかなか難しいんだよね。

昨日聞いた瀬戸の言葉が蘇る。あのコメントに汀一は改めて納得し、この店の先行きを案じた後、それはそれとして、と首を傾げた。

気になったことは他にもある。ごちゃごちゃと並んだ商品の中に数点、異様にしっかり固定されているものがあるのだ。

「これとか、なんでこんなに厳重に……？　割れ物だとかなら分かるけど」

そう言いながら汀一が視線を向けた先、板壁の一角には、古びた草刈り鎌があった。壁に打ち付けた釘に引っ掛けた鎖で縛られ、磔《はりつけ》にされたように固定されている。

鎌の刃渡りは三十センチ弱で、柄は木製。錆こそ浮いていないが、黒ずんだ刃や色褪せて乾ききった柄からは相当な年季が感じられた。ずっと売れ残っているうちに剝がれて落ちたのだろう、値札は付いていなかったが――値札のないものは他にもあった――どこからどう見てもただの古い鎌であり、貴重なものでないのはほぼ確実だ。

「別に壊れやすいわけでもないだろうに……」

首を捻ったまま汀一は手を伸ばし、何とはなしに鎖をほどいて鎌を手に取った――その次の瞬間だった。

「……え」

汀一の目がぎょっと大きく見開かれ、困惑の声が店内に響いた。

何の変哲もない――いや、何の変哲もなかったはずの草刈り鎌が、汀一の手の中でぶるっと震えたのである。さらに、刃の部分が背伸びをするようにぐうんと歪んだ。

「何これ？　錯覚？」

いやでも握ってる右手には確かに振動が伝わってきてるわけで……などと自分で自分に突っ込む汀一。同時に、鎌の刃先がいきなり伸びた。

倍以上の長さになった刃が、鎌を持つ汀一の手をめがけて躍動する。そのコンマ一秒の後、まるで蛇か魚のように勢いよくうねった刃先は、汀一の右手の甲をざっくりと切り裂いていた。鋭い痛みに思わず汀一が鎌を取り落とす。

「いたっ！　って、え……ちょ、ちょっと、わっ、な、えっ？」

切り裂かれた傷痕から勢いよく血が溢れ出す。戸惑いのあまり痛覚が鈍くなっているのか、傷の痛みは感じなかったが、視界に広がる鮮烈な赤色に、汀一はコンクリートの床の上に尻餅を搗《つ》いていた。

その眼前では、投げ出された鎌が柄をぐねぐねとくねらせて床を這い回っている。異様でありえない光景に「ひいっ」と短くうめく汀一。

と、その声に反応したのか鎌が汀一へと振り向き、身構えた。目も口もない道具が振り向いたり身構えたりするはずもないのだが、少なくとも汀一にはそう見えたのだ。止《とど》めを刺す気だ！　そう確信してしまい、ぶるっ、と全身に悪寒が走る。出血の止まらない手の甲を左手で押さえたままの汀一をめがけ、鎌が勢いよく跳ねる。

「ヒャーッ！」

怯えた汀一が思わず叫んだ、その一瞬後。

赤黒い何かが汀一の目の前にばっと広がった。視界を覆ったそれに――――放射状に広がった金属製の骨と、その間に貼られた赤黒い布に――飛び掛かってきた鎌が激突し、ギッ、と奇妙な悲鳴をあげてはね飛ばされる。弾かれた鎌が床に落下する音を聞きながら、汀一は呆然と目を見開いた。

「え、何？　何が……？」

「『何が』はこっちの台詞だ！　一体全体、何をやっているんだ、君は……？」

勝手に漏れた問いかけに、斜め後ろからの呆れた声が呼応する。へたりこんだままそちらを見上げると、汀一を庇うように傘を広げた長身の少年と視線が交差した。

濃紺の詰襟シャツにスラックス姿、端正な顔は色白で、長い前髪が片目に被さっている。見覚えのある容姿に汀一ははっと見入り、ややあってその名前を口にしていた。

「時雨……！」

「他の誰かに見えるのか」

「見えない見えない！　でもどうして――」

「瀬戸さんの買い出しの手伝いの帰りに蒼十郎さんと会い、君に店を任せたことを聞いたんだ。蒼十郎さんは君が店の事情を知っているものと思っていたらしいが、僕はそうでないことを知っている。嫌な予感がしたので急いで戻ってきたら、案の定だ。あの鎌を鎖から外したな」

「ご、ごめんなさい！　てか、あれは何？」

「野鎌だ。捨てられた、あるいは葬送に使われた鎌が変じたもので、見境なく通行人に切りかかる。知性を持たず、攻撃本能だけで動くかなり厄介な妖怪だ。せっかく鎮まりつつあったのに」

「ごめん！　……って時雨、あの……今、『妖怪』って言った……？」

「言ったが？　まさか君、その言葉を知らないのか」

「いや知ってるけど」

「だったら――いや、話は後だ」

一方的に会話を打ち切った時雨は、視線を先ほどはね飛ばした鎌――妖怪「野鎌」へと向け、傘を閉じて汀一の隣に並んだ。腰を下ろした……と言うか、腰を抜かしたままの汀一は、ほぼ真下から時雨の顔を見上げ、ふいに気付いた。

時雨のことは、昨日この店で会った時から、前にどこかで見た気がしていたが、今、このアングルで見上げて思い出した。一昨日、金沢駅に着いた時、鼓門の上に立っていて、二度見したらもう消えていた、あの時のあいつでは？　そう言えば、傘の色も今持ってるのと同じ黒系だったし……。

確信する汀一の隣で、時雨は床の上で身構える野鎌を見つめたまま、閉じた傘に手を掛けた。その傘でどうにかするつもりのようだ。

「って、いやいやいや！　傘なんかでどうするんだよ！　相手は刃物だよ？」

「安心しろ。傘はただの雨具じゃない。外側と内側を即座に区切れる道具――傘は、いわば一種の携帯用の結界だ。故に、傘は神霊の被りものとして、古来、祭礼にも用いられてきた。これは雨具であると同時に立派な呪具なんだ」

「そ、そうなの？　いや、そういう歴史があるんだとしても――」

実質的には薄い布と細い骨でしかないわけで、そんなもので防げるとは思えないんですけど！　汀一がそう続けようとした矢先、野鎌が再び飛び掛かった。

すかさず時雨が傘を開く。と、何の変哲もない赤黒い傘は、まるで大風にあおられたかのように、あるいはイソギンチャクか食虫植物がエサに食らいつくように、勢いよくめくれあがって、ばくん！　と鎌を包み込んでしまった。

「すごい！」

「よし……！」

汀一と時雨の声が重なって響く。抱え込まれてしまった野鎌は傘を破って逃げようと暴れていたが、ただの布でしかないその傘はなぜか破れることはなく、程なくして、野鎌の暴れる音は止んだ。

「……ふう。こんなものか」

息を吐いた時雨が傘を元通りに閉じる。と、動かなくなった鎌がポトリと床の上に転がった。それを見た汀一が反射的に悲鳴をあげる。

「ひいっ！」

「落ち着け。いちいち大げさだな君は」

「いや、怖いよこれは！　てか、何をやったの、今?」

「猛っていた妖気を傘で吸収して散らした。これはもうただの古い草刈り鎌だ。また暴れ出す可能性はあるが、だとしても数年以上先の話で、今のところは安全だ。……さて、君に言いたいことは色々あるが……ひとまずは手当てが先だな」

傘を壁に立てかけた時雨が、汀一の傍で膝を突く。「手当て」という言葉に、汀一はずっと押さえたままだった右手の甲を見た。

「そうだ、おれ怪我してたんだった！　思い出したら痛くなってきた……！　あの、救急箱か救急車！」

「騒がしいやつだな。そんなものは必要ない」

　青い顔で慌てる汀一の要望をばっさり切り捨て、時雨は両腕を伸ばして汀一の傷付いた手を取った。自分の掌《てのひら》が血で汚れることもいとわずに、汀一の右手をそっと抱え込む。予想外の時雨の行動に、汀一はきょとんと面食らった。

「何？　なんで手を握るわけ？　労り？　大変だったね、怖かったね、みたいなやつ？　だとしたらそのお気持ちはとても嬉しいですが、まず手当てをさせていただきたく」

「少し黙っていてくれ。気が散る。……まったく、だから僕は一般人を入れるのには反対だったんだ」

　やれやれと首を左右に振り、時雨はそっと目を閉じた。長い睫《まつげ》が伏せられ、汀一の手を握った両手に少しだけ力が籠《こ》もる。

「野鎌にやられた時は、確か……『仏の左の下のおみあしの下の　くろたけの刈株なり痛うはなかれ　はやくろうたが　生え来さる』……」

　意味の分からない奇妙なフレーズが時雨の口から静かに響く。それを言い終えると、時雨は小さくうなずき手を離した。

「もういいぞ」

「は、はあ……。今のは何？」

「野鎌の傷にはこの呪文が効く。もう治ったはずだ」

「傷に効く呪文……？　あのね、そんな都合のいいものがあってほんとだ治ってる！」

怪訝な顔を自分の手に向けた直後、汀一は大きく息を呑んでいた。さっきまで深々と裂けていたはずの手の甲のどこにも傷がないのだ。流れた血は戻らないのだろう、赤く汚れてこそいるものの、傷は見当たらないし、痛みもまるで感じない。

「治ってる！　なんで？」

「今言ったろう。呪文で治せる傷で良かったな。以後、気を付けるように」

「う、うん……。何に気を付ければいいのかよく分かんないけど……。でも、ありがとう！　マジでどうなることかと思ったよ……！　そうそう、野鎌だっけ、あれをどうにかしてくれたことも、ほんとにありがとう！　助かった！」

安心した途端に感謝の気持ちが湧き出してくる。感極まった汀一は身を乗り出し、再度時雨の手を取って強く握った。至近距離からの直截《ちょくせつ》な感謝が恥ずかしいのか、時雨はかっと顔を赤らめて押し黙ってしまったが、すぐに汀一の手を振りほどいて立ち上がった。

「もういいだろう。手を洗いたいし、君の流した血を拭かないと」

「そっか、そうだね。手伝うよ。……あ。あの、でもその前に幾つか聞いていい？」

「なんだ」

「さっき『妖怪』って言ったよね」

「……言っただろうか」

「時雨、びっくりするくらいごまかすの下手だね……。言ったよ。確かに言ったしはっきり覚えてるから、いきなり顔を逸らさないでくれる……？」

「……分かった。それでなんだ」

「あの、妖怪って、あの妖怪のこと……で、いいんだよね？　どう説明していいかよく分かんないけど、河童《かっぱ》とか天狗《てんぐ》とかろくろ首とか一つ目小僧みたいな、いわゆるお化けのことだよね……？」

そろそろと立ち上がり、声をひそめて問いかける。不安と興味の入り混じった視線を向けられた時雨はしばし黙考していたが、ごまかすのは無理と諦めたのか、単に開き直ったのか、溜息を吐き、きっぱりと首を縦に振った。

「――ああ、そうだ。野鎌はいわゆるお化けであり妖怪だ」

「なんでそんなの置いとくの？　てか、いや、それ以前に、どうして古道具屋にそんなものがあるわけ……？」

「ここは、妖怪になってしまった道具や妖怪の使っていた道具を扱う店だからだ。そういった道具のことを、僕らは『妖具』と総称している」

「ようぐ……？」

「ああ。もういいか」

「うん――いやいや、あともう一つだけ！　時雨、一昨日、金沢駅にいなかった？　ほら、あの鳥居みたいなでっかい門の上に」

汀一がそう問いかけると、時雨はぎょっと目を見開いて固まった。時雨はそのまま数秒静止し、ややあって、半開きの口から抑えた金沢弁を発した。

「み……見えたんか……？」

「え？　う、うん。見えてたから聞いてるわけで。一瞬だけだったけど……」

おずおず応じる汀一である。そこまで驚くことなのか、もしかして何かまずいことを聞いちゃった……？　不安になる汀一の前で、時雨はさっきよりも大きな溜息を落とし、こくりと恥ずかしそうにうなずいた。

「確かに僕だ。鼓門には、考え事をしたい時や、一人になりたい時に行く」

「一人になるって……あそこ結構、人多くない？」

「気配を消してしまえば気付かれない。それに、人が多いからこそ落ち着くんだ。あれだけ大勢が行き交っているのに、自分に注意を向ける人が誰もいない……。その状況が僕にとっては心地いいんだ」

「ふーん。分かったような分からないような」

「無理に共感しなくても結構だ」

「無理してるわけじゃないけどね。てか、おれ見えたよ？　スマホのカメラ越しにも見えたし……。なんで？」

「おそらく君は妖怪を見やすい体質なんだろう。妖怪やそれに類するモノへの感受性は、子供から大人への成長に合わせて失われることがほとんどだが、たまに、その資質を失わない人間がいると聞いたことがある。おそらく君はそれなんだ、汀一。スマホの画面に映ったのも、君が僕を認識できたからだろう。君がそういう人だとすれば、野鎌が過剰に興奮していたのも納得だ」

「へー。そうなんだ……って、え。ちょ、ちょっと待った！　今の話からすると……つまり、さっきの鎌だけじゃなくて、時雨も……？」

「そう。妖怪だ」

汀一の言葉を先読みし、時雨が三度《みたび》首肯する。そうなんだ、としか言えない汀一の前で、時雨は店内に並んだ古道具を――いや、妖具を扱う古道具屋「蔵借堂」を見回し、続けた。

「今更変に隠し立てしても仕方ないから言ってしまうが、僕だけじゃない。ここにいるのはみんな妖怪だ」

「『ここ』ってのは隣のカフェも入るんだよね……？」

「ああ。無論、こっちの古道具屋の店員である蒼十郎さんもだ。ここは器物系の妖怪が集まって共同生活している場所なんだ」

「そうなんだ……。ってことはもしかして、ここに並んでる商品全部『妖具』なわけ？　つまりここは『古妖具屋』ってこと？　妖具しか置いてない古道具屋……」

「そんな言葉はないし、そんなわけもない。原則として、値札のあるものは普通の古道具で、そうでないものは妖具だと思えばいい。事情を知らない人間も来る店だから、うっかり妖具を買われてしまわないようにしている」

「なるほど……」

納得しつつ身構えつつ、汀一は店内を見回した。値札のない古道具はところどころに点在しているが、しかし、なんで売る気のないものを店頭に並べてるんだろう？　汀一は首を傾げたが、その疑問を口にするより先に時雨が「なお」と言葉を重ねた。

「妖怪や妖具のことはくれぐれも他言しないように。妖怪の実在は原則的に人間には秘密なんだ。もっとも、公言したところで誰も信じないとは思うが」

落ち着きを取り戻した時雨が冷静に告げる。その言葉に、汀一は「はあ」と気の抜けたような声で相槌を打つのが精一杯だった。

引っ越してきたばかりの街の商品を壊してしまった店でバイトすることになったというだけでも結構盛り沢山なのに、さらにそこは妖怪の道具——妖具を扱う店で、従業員もみな妖怪なのだと言われても、新しい情報が多すぎて、一般人的にはどう反応していいのか分からない。驚いたり怖がったり騒いだりすべき事態なのだろうか……などとぼんやり考えていると、その反応を恐怖と理解したのか、時雨は不安げに眉根を寄せた。

「やはり、怖くなったのか……？　あるいは気味悪く感じたか」

「え？」

「隠さなくてもいい。まともな人間なら、そう思うのは当然だ」

「いや、そんなことは……。まあびっくりしたのは確かだけど。あ、でもあれだよね？　向井崎さんも妖怪なんだよね？」

「向井崎？　ああ、亜香里のことか。勿論そうだが」

それが何かと怪訝な顔で見つめられながら、汀一は亜香里の気さくで明るい微笑みを思い返した。あの子が妖怪だというのなら、妖怪もそこまで怖くない気がする。

それに、と汀一は心の中でさらに続ける。目の前のこいつ――時雨だって、態度こそつっけんどんだし物言いも堅いが、おれを気遣って駆け付けてくれたし、守ってくれたし怪我も治してくれた。悪いやつではないのは間違いない。

だったら、妖怪だからと言って、怖がったり気味悪がったりする必要はないだろう。だよな。うん。

心中で短い自問自答を交わし、汀一はふいに微笑した。いきなりにやつきだした汀一に時雨は眉をひそめたが、汀一はそんな時雨に向き直り、「人間ですけど、改めてよろしくお願いします」と頭を掻いたのだった。

山路を歩いたり山で仕事をしている時に、ひょっと転んで、別に何処《どこ》といって怪我をしていない筈であるのに、足などに切り傷が出来ることがある。これはノガマにかかったからだと言う。ノガマとは、葬式の穴掘りにつかった鎌や鍬は祖谷《いや》山では七日間墓へ置き、それからは持って帰らねばノガマとなって祟るのであると言う。ノガマで切れた時の呪言は次の如くである。

仏の左の下のおみあしの下の
くろたけの刈株なり
痛うはなかれ　はやくろうたが
生え来さる

（「祖谷山民俗誌」より）

第二話　唐傘《からかさ》お化けの憂鬱

月曜の朝、午前七時三十分。デパートやカラオケ店などが立ち並ぶ繁華街を抜けたバスは、黄緑色の大きな橋に差し掛かった。

淡いグリーンの鉄骨が籠のように四車線の路面の上に覆い被さっており、そのフレームの中央には古めかしい書体で「犀川大橋」と記されている。聞き覚えのある川の名前に、バスの後方の窓際に座っていた汀一は窓に目を向けた。

「男川は、街の南側を東西に流れる犀川の俗称だ」と語った時雨の言葉を思い返しながら橋の下を見下ろすと、階段状の石積みの両岸の間を、緑色に濁った水がどうどうと流れていた。川幅はざっと見たところ五十メートル強。水の色が濃いので深さは分からないが、結構な水量があるようだ。確かに、古道具屋の近くを流れる女川こと浅野川とは受ける印象がまるで異なる。

二つの川の距離はさほど離れていないのに、こんなに違うものなんだな。汀一が感心しているうちにバスは橋を抜け、観光地っぽさが少し薄まった街並に入った。

汀一の転入する高校は市の南東部にあり、観光スポットの集まった中心部からは離れている。遠ざかる橋を振り返った後、汀一は改めて地元民で混み合う車内を見回し、制服の首元に指を伸ばした。詰襟タイプの学生服を着るのは初めてで、首を絞めつけるカラーが若干息苦しい。

カラーを緩めながら、この息苦しさはむしろ緊張しているせいだろうけど……と汀一は思った。転校は何度も経験してきたが、初日特有のこの緊張感や不安感にはどうしたって慣れない。義務教育ではない学校に転校するのも初めてだし、特に今回は転入試験も教育委員会の建物で受けたので、これから通う学校がどんなところなのかもまだ知らない。不安になるのも当然である。

もっとも、今回は転入先のクラスに知人がいるので少し気楽だ。汀一は心の中でつぶやき、すぐにそれを訂正した。正確に言うと彼は知人ではない。強いて言うなら――そんな言葉があるのかどうかは知らないが――知妖怪だ。

――僕だけじゃない。ここにいるのはみんな妖怪だ。

昨日、時雨が言い放った声が、再度脳裏に蘇る。暴れる草刈り鎌や、それを傘で取り押さえる時雨を見てしまった以上、あの言葉を――つまり、妖怪の実在を――疑うつもりはさらさらない。ないけれど、現実感が薄いのもまた事実ではあった。

「妖怪か……」

隣の席に聞こえないほどの絞った声をぼそりと音に出してみる。妖怪だのお化けだのと聞いて汀一が真っ先に思い出すのは、幼い頃に家にあった「舌切り雀」の絵本の最終ページのイラストだった。一つ目小僧やろくろ首、唐傘お化けなど、いわゆる妖怪らしい妖怪が大きなつづらから飛び出してお婆さんに襲い掛かる絵を回想しながら、汀一はふと、妖怪って言っても色々いるよな、と思った。

思い出の「舌切り雀」の絵本の他、アニメや漫画、ゲームなどなどで得た知識に基づけば、妖怪には種族と言うか種類と言うか、結構なバリエーションがあるはずなのだ。実際、時雨もあの危険極まりない鎌のことを「野鎌」と呼んでいたわけで、種類を示す名前はあるらしい。だとすれば、時雨は、なんという種類の、どういう妖怪なんだろう……？

端正ではあるが愛想のない時雨の顔を回想しながら、汀一は眉根を寄せて思案し、直後、それは今じゃなくていいだろ、と思考を切り替えた。

今は新しい学校のことに集中だ。汀一は妖怪の話題を一旦忘れ、忘れ物がないか再度確認しておくことにした。教科書やノートを確かめ、続いてペンケースを開けると、シャーペンや消しゴムなどに交じって、四、五センチほどの細い棒が入っているのが目についた。

「なんだこれ？」

先端が尖ったそれを持ち上げ、目を細める。どうやら爪楊枝《つまようじ》のようだが、それにしてもおそろしく古い。こんなものを入れた覚えはもちろんないので、どこかで紛れ込んだのだろうが、自分の性格からして、うっかり入れてしまった可能性もなくはない。バスの中にはゴミ箱もないので、汀一はとりあえずそれをペンケースに戻した。

　やがて、生活感溢れる街並を走っていたバスが左折し、なだらかな坂を上り始めると、広い駐車場を持つドラッグストアや大きなガソリンスタンドなど、郊外っぽい店が増え始めた。このあたりまで来ると、町家でも何でもない建売住宅、生活感全開のアパートやマンションなども多く、観光地感はもうほぼゼロだ。

　金沢にもこういうところがあるのか。当たり前のことに汀一が感心していると、アナウンスが次は高校前だと告げた。誰かがボタンを押したのだろう、間髪いれず「次停まります」のチャイムが鳴る。程なくして道沿いに三階建ての校舎が現れ、バスがゆっくり停車した。敷地の内外を区切るものがない開けっぴろげな学校を窓越しに見やり、汀一は座席から立ち上がった。

＊　＊　＊

　クラス担任である男性教師の隣で自己紹介を終えた後、汀一は改めて教室を見回した。生徒数は三十人強で男女比はほぼ一対一。とんでもなく着崩した制服や極端に派手な髪型や髪色は見当たらず、皆、ほどよく上品だ。教室の空気も割と落ち着いており、汀一はほっと安心した。

　衣替えはもう終わっているらしく、男子も女子もほぼ全員白い夏服だ。例外は、壇上の自分と、一番後ろの列の窓際の席の男子生徒——時雨の二人だけである。

時雨は例によって不機嫌そうに目を細め、机に肘を突きながら窓へと顔を向けている。「夏服でいいなら教えてくれればよかったのに。と言うか、なんでお前だけ冬服なんだよ」という思いを込めて見据えてやると、ふと時雨がこちらに顔を向け、目が合った。

今日からはクラスメートになる相手である。改めてよろしくという気持ちを伝えるように、汀一は軽く手を振って笑いかけたが、時雨は何のリアクションを返すでもなく、すっと視線を逸らしてしまった。とことん不愛想なやつである。しみじみと呆れつつ、汀一は廊下側の列の真ん中ほどの自分の席へ向かった。


一時限目の授業は何事もなく終わり、初めての休み時間がやってくる。さて、とクラスを見回すと、前の席から明るい声が投げかけられた。

「ねーねー。葛城くん葛城くん、ちょっといい?」

細身でショートカットのネコ科っぽい女子が、椅子ごと汀一に振り返って好奇心溢れる笑顔を見せる。その隣では、前髪ぱっつんでやや丸っこい印象のロングヘアの女子がしげしげと汀一を見つめていた。

来たなー、と汀一は思った。転校生に真っ先に声を掛けてくるような好奇心旺盛なタイプはどこの学校のどのクラスにもたいてい一人二人いるということを、汀一は経験で学んでいた。自分が大柄で強面の男子だったりすると話は違うのかもしれないが、小柄で迫力がない汀一の場合、男子よりも女子の方が声を掛けてきがちだ。

「何？」と問い返すと、ショートの女子は「あたしは鈴森美也《すずもりみや》で、こっちの子は木津聡子《きづさとこ》」と自分と友人をまとめて紹介し、ニッと笑ってみせた。

「ようこそ、金沢へ！　で、どう、街の第一印象は？」

「静かで落ち着いた街だな、みたいな……？」

「そう来ましたか。先週は人で溢れ返ってたんだけどね」

「六月の初めには百万石まつりがあるから……。尾山神社《おやまじんじゃ》から四高《しこう》記念館まで、出店がずらっと並ぶの」

そう語ったのは前髪を揃えたロングの女子だ。この、どっちかというとおずおずした子が木津聡子さんで、ショートでフランクな方が鈴森美也さんだよな。よし覚えた。名前を頭の中で確認しつつ、汀一は「へー」と間の抜けた相槌を打った。

大きなイベントが終わったばかりらしいのだが、何しろ来たばかりなので、尾山神社とか四高記念館とか言われてもピンと来ない。あとで時雨に聞いてみよう、などと思っていると、ふいに美也は机の上に身を乗り出し「それよりさ葛城くん」と声をひそめた。

「さっき挨拶した時、濡神くんに手を振ってたよね。彼と知り合いなわけ？」

「濡神？　ああ、時雨のことか」

そう言えばあいつの苗字は濡神だっけ。確かに手も振ったし知り合いでもあるけれど、なんでこの子はあいつのことをおれに聞くんだ？　しかもなぜそんな神妙な顔で？　困惑した汀一が窓際後方の席を振り返ると、時雨はブックカバーを付けた本を広げて読書中だった。汀一の様子は見えているはずなのに、気に掛けてくれる素振りは全くない。あいつめと肩をすくめた後、汀一は美也に向き直り、こくりと小さくうなずいた。

「知り合いだよ。って言っても、一昨日知り合ったところだけど。あいつと同じ古道具屋でバイトすることになって、時雨には色々教えてもらってるんだ」

「なぬ！　マジで？」

「それ、ほんと……？」

美也が大きな声で驚き、その隣で聡子も訝しげに息を呑む。二対の視線をまじまじと向けられ、汀一はきょとんと目を瞬いた。

「そんなに驚くようなこと？　……あ！　この学校もしかしてバイト禁止だったり」

「いや、それはないから。あたしも兼六園《けんろくえん》の売店でバイトしてるし。うちの学校のその辺は緩いからねー。もっと厳しいとこなら駄目かもだけど」

美也はそう言って笑い、金沢市内にある高校のランクや個性について、それぞれの校名を挙げながら解説してくれた。美也の語りは簡潔ながら分かりやすく、汀一は「説明上手いね」と感心した、その時だった。

汀一の机の中から、二、三センチほどのサイズの武士が顔を出したのである。

「え」

そんな小さい武士がいるはずもないことは汀一も知っている。だが、そうとしか表現できないそれは、「チイチイ」と微かな鳴き声を発しながら汀一の膝の上に飛び降りると、そのまま床へと軽やかに飛び、どこかへ走って行ってしまった。

「え。え。え？」

「『え』って何が？　あたしの話がどうかした？」

思わず戸惑う汀一を見て美也が首を傾げ、聡子も眉根を寄せる。小さな武士は二人の視界には入っていなかったようだ。汀一は「ごめん、なんでもない」と取り繕い、そして心の中でつぶやいた。

おそらく、いや、ほぼ間違いなく、今のは妖怪だ。学校にまで出るとは聞いていなかったが、出てしまった以上は時雨に言った方がいいだろう。他に相談できる相手もいないし。で、時雨は昨日「妖怪の実在は原則的に人間には秘密」と明言していたわけで、となれば大声で「妖怪が出たよー！」とか言うわけにもいかない。離れた席で読書中の時雨をちらちら振り返って見やりつつ、汀一は美也と聡子との会話を切り上げて席を立つタイミングを必死に探った。そんな汀一の気持ちに気付くはずもなく、美也は笑顔で話を進める。

「濡神くんと同じバイト先って言ってたよね」

「彼もその古道具屋に勤めてるの……？」

「うん。あ、いや、勤めてるって言うか、あいつの家なんだけど。多分」

美也に続いて聡子に問いかけられ、汀一は語尾を濁して頬を搔いた。テンションや表情から察するに、最初に声を掛けてきた美也は興味本位の切り込み役であり、時雨のことを知りたがっているのはむしろ聡子の方らしい。しかし自分に聞かれたところで、妖怪云々のことは元々話すつもりはないにせよ、彼のことはそもそもほとんど知らないのだ。

「てかさ、なんでおれに聞くの？　普通逆じゃない？　鈴森さんも木津さんも、このクラスの人はみんな、時雨と四月から一緒にいるわけだよね。むしろこっちが教えてもらうのが普通だと思うんだけど……」

「そう言われると……」

「そうなんだけどねえ。色々謎なんだよね、彼。親しい友達とかいないしさ」

美也はそう言って読書中の時雨をチラ見し、さらに続けた。曰く、学校での時雨は今のように一人で本を読んでいることが多く、誰かと親しくすることはないのだそうだ。

成績は中の上で運動神経も悪くない。何でもそつなくこなすのだが、自分から目立とうとすることはなく、他人と積極的にかかわることもない。部活にも入っていないし、授業が終わればすぐ帰ってしまう。別にコミュニケーションが取れないわけではなく、意見を求められれば発言するし、集団作業には普通に加わるのだが、必要なことしか話さないし、距離を詰めようとするとかわされてしまうので――美也たちの知る限りでは――仲のいい友人などはいない。中学が一緒だった子に聞いても、前からあんな感じであること、あと、雨男であることくらいしか分からなかった……と、美也は語った。

「いつも傘を持ってる理由はそれで納得だし、そもそも雨の多い街だから傘はみんな持ってるんだけどね。『弁当忘れても傘忘れるな』って言うくらいだし。でもさ、彼に関してはそれくらいしか分かんないわけですよ。どう？　謎じゃない？」

「すごく神秘的じゃない……？」

「しかも彼、顔がいいからさ。気にしてる子多いんだよね。でも取っ掛かりは何もない。そんなところに、彼に気さくに笑いかけて手を振り、しかも下の名前で呼び捨てにする転校生がいきなり現れたわけですよ！　葛城くんならどうする？」

「気になるよね？　話を聞きに行くよね……？」

「な、なるほど、確かに……」

　女子二人の語気に釣り込まれ、汀一は深くうなずいた。今気付いたのだが、時雨のことが気になっていたのは美也たちだけではないようで、汀一たちの会話にそれとなく聞き耳を立てているクラスメートがちらほらいる。期待されてもなあと汀一は頭を掻いた。

「さっきも言ったけど、おれも知り合ったばっかりだからさ。時雨のことはそんなに知らないよ。ごめん」

「いや葛城くんが謝ることじゃないから。しかしまあ、当てが外れましたなー」

「だね……。あっ、彼のこと、何か分かったら教えてね……？」

「あ、うん」

汀一が素直にうなずくと、美也は「よろしく」と笑って椅子の向きを元に戻した。会話がひと段落し、聡子も自分の席へ戻っていく。その後ろ姿を見送りながら、汀一は二人に共感した。

時雨は人間ではなく妖怪なので、謎めいていて神秘的なのも当然ではある。で、そんなのがクラスにいればそりゃあ気にもなるはずだ……って、今はそれどころじゃないだろう！　妖怪のことを言わないと！　汀一は急いで立ち上がり、時雨のところに向かおうとしたが、その時、休み時間の終わりを告げるチャイムが鳴った。ほぼ同時に次の授業の担当教師が現れ、「はい、席に着いてー」と呼びかける。

「ああ……」

情けない声を漏らしながら汀一は机に突っ伏した。あたりを見回してみたが、あの小さな武士の姿はどこにもない。どうかこの授業が終わるまであれが騒ぎを起こしませんように、と汀一は願った。

二時限目の授業が終わるなり、汀一は弾かれたように席を立った。教室後方の時雨の席へ足早に向かい、「時雨、ちょっと！」と呼びかけると、時雨は露骨に迷惑そうな顔をしたが、汀一はそれに構わず距離を詰めて顔を近づけ、早口かつ小声でさっき見たもののことを話した。時雨は神妙な顔で耳を傾けていたが、話を聞き終えると肩をすくめ、胸ポケットから古びた爪楊枝を取り出した。

「安心しろ。それならもう解決済みだ」

「え？　って、その爪楊枝、おれのペンケースにいつの間にか入ってたやつ……」

「君のペンケースに？　なるほど、そういうことか」

「え？　ごめん、何がなんだかさっぱりなんだけど」

「説明するから黙って聞け。いいか、この爪楊枝はうちの売り物で、妖具だ。妖怪としての名は『ちいちい袴《ばかま》』。古い爪楊枝などが侍のような姿に変わり、動き回って歌って踊るという怪異だ。新潟や岡山や大分に伝わる他、小泉《こいずみ》八雲《やくも》の作品にも登場している比較的有名な妖怪だが……その顔を見ると知らなかったようだな」

「うん。にしても、そんなものがなんでおれのペンケースに入ってたわけ？」

「昨日の野鎌の騒動がきっかけで目を覚まして君の持ち物に入り込み、さらに君の自宅でペンケースに移動したんだろう。ちいちい袴は細い隙間に身を隠す習性があるからな。先の休み時間の終わる頃、掃除用具のロッカーに入ろうとしていたので捕まえて元の楊枝に戻しておいた」

そう言って時雨が爪楊枝をポケットに戻す。汀一はその手際の良さに感心し、騒ぎにならなかったことに安堵した。

「おれが持ち込んじゃった妖怪が騒ぎを起こさなくて良かったよ。ありがとう。てか、元の道具に戻すのって、傘がなくてもできるんだね。昨日は傘でガバッとやってたのに」

「ああ。これくらいのサイズならなんとか……まあ、この話はもういいだろう」

唐突に時雨が会話を打ち切り、その顔が気恥ずかしそうに赤らむ。どうしたんだろうと汀一は思ったが、周囲を見回して納得した。美也や聡子を含めたクラスの大多数が、二人のやりとりを……正確には、これまで親しく話す相手がいなかったのに、転校生と顔を近づけ合って小声を交わす時雨のことを、物珍しそうに注視していたのだ。

「話は終わりだ。次の授業が始まるぞ」

「あ、うん」

視線を逸らしてぶっきらぼうに告げた時雨に相槌を打ち、汀一は時雨の席を離れた。廊下側の自分の席に戻りながら、「親しい友達がいない」という美也の話はどうやら本当らしいな、と汀一は思った。

＊　＊　＊

「おーい時雨、ちょっと待ってよ！」

　放課後になった途端に教室を出ていこうとする時雨に、汀一は慌てて呼びかけた。よく通ったその声に、ドアに手を掛けようとしていた時雨はそれはもう億劫《おっくう》そうに立ち止まり、教室に残る生徒たちが見つめる中、不機嫌そうに振り向いた。

「なんの用だ」

「一緒に帰ろうと思って。今から蔵借堂だよね？　おれも同じところに行くんだから一緒に行こうよ。一人だとまだ道がよく分かんなくて……」

　苦笑しながら頬を掻き、汀一は「駄目？」と小声で尋ねた。時雨は露骨に呆れた顔になったが、クラスメートに注目されながら反論するのは面倒なのか、あるいは同情してくれたのか、無言でうなずき、廊下に出た。

　態度は最悪だが同行することを拒否られてはいないようだ。やれやれ。汀一は胸を撫で下ろした後、美也や聡子など、今日声を掛けてくれたクラスメートに「じゃあまた明日！」「今日は色々ありがとう」などと手短に挨拶し、時雨の後を追って隣に並んだ。時雨は足が長い上に歩くのも速いので、小柄な汀一は気を抜くと置いていかれてしまう。

「すぐどっか行っちゃうよね時雨……。昼休みも、一緒に食べようと思ったらいつの間にかいなかったし。どこ行ってたの？」

「図書室だ。と言うか、逐一《ちくいち》僕に声を掛けなくてもいいだろう」

「だってこっちは来たばっかりなんだよ？　知り合いは時雨しかいないし、次は生物室とか更衣室って言われても、それがどこにあるのか知らないわけで……あ。あの、もしかしておれ、迷惑だったりした？　学校では友達を作らないクールで神秘的なキャラなのに、そのキャラが崩れるだろ、みたいな……？　もしそうだったらはっきり言ってね？　おれ、人付き合いあんまり上手くない方だから」

「えっ」

汀一が不安げに見上げると、時雨は虚を衝《つ》かれたような声を発した。前髪に隠れている方とそうでない方、両方の目を丸くした後、時雨は我に返ったように顔を上げ、慌てて首を横に振った。

「……馬鹿馬鹿しい。そんなことは思っていない。君の考えすぎだ」

「なら良かった」

ドライな時雨の返事に、汀一がほっと胸を撫で下ろす。それを見た時雨は「いちいち大袈裟だな」と呆れてみせた。

「それに心配性だ」

「ごめん。ほら、おれ転校多かったからさ。人間関係が出来上がってるところに入っていって、そこになんとなく合わせることしかしてこなかったから……人との距離感が変じゃないかなって思うんだよね、たまに」

「人間と妖怪の感覚は違うから、僕に聞いても参考にはならないだろうが……まあ、そうだな。多少、馴れ馴れしいのは確かだ」

時雨が肩をすくめ、靴箱の前で立ち止まる。「気を付けます」と苦笑を返し、汀一は上履きをスニーカーに履き替えた。時雨は無言で黒のローファーを履き、傘立ての赤黒い傘を手に取る。外に出てみれば、空模様は薄曇りで、そろそろ一雨来そうな感じだ。帰宅部の生徒たちが駐輪場へ向かって歩いていくのを横目で眺め、汀一は時雨に尋ねた。

「時雨どうやって学校来てるの？　もしかして自転車？　おれ、バスで来たんだけど」

「僕もバスだ。この街は雨が多いし、僕は雨男だからな」

丁寧に巻いた傘を軽く掲げて時雨が応じる。傘差し運転はしたくない、ということだろう。律儀で真面目な時雨らしい。汀一は納得し、時雨と一緒にバス停に向かった。


二人を乗せたバスは何事もなく——犀川に差し掛かったところで汀一が「これが時雨の言ってた男川だよね？」とテンションを上げてたしなめられたことを除けば——市中へと向かい、商業ビルやアーケード街に囲まれた大きな十字路に停車した。

時雨が腰を上げたので、汀一も続いてバスを降りる。「信号を待つよりこっちの方が早い」と言った時雨とともに交差点の下の地下道を通って地上に上ると、活気のあるアーケード街の前に出た。「近江町《おうみちょう》　市場《いちば》」と掲げられたアーケードの下には、鮮魚店や寿司屋、海鮮丼屋などがぎっしり並び、濡れた道路の上を観光客が行き交っている。

　これまで海の近くに住んだことがない汀一にとっては、魚市場の光景は新鮮だ。活気のある往来を興味深げに眺めていると、その視線に気付いた時雨が声を発した。

「気になるなら見ていくか？」

「え、いいの？　でもお店に着くのが遅くなっちゃうのは」

「ここを通り抜けても距離はそう変わらない」

「そうなんだ。じゃあお言葉に甘えて……」

　というわけで汀一は時雨の先導で市場へ足を踏み入れた。通行人の数は多いものの、制服姿なのは自分達だけだ。あまり地元の学生が来る場所ではないらしい。物珍しそうにあたりを見回しながら、汀一は隣の時雨に問いかけた。

「金沢の高校生ってどういうところで買い物したり遊んだりするの？」

「竪町《たてまち》あたりに行くことが多いようだが、あいにく僕はあまりその手の情報に明るくない。詳しく知りたいなら亜香里に聞くといい。亜香里は僕よりよほど交友関係が広いし、級友と出かけることも多い。そういう店にも詳しいはずだ」

「へー、ありがとう。聞いてみるよ。そういや向井崎さんって同じ高校？」

「いや。亜香里は別の学校だ」

　そう言って時雨が挙げたのは、一時限目の後の休み時間に美也が「あそこは偏差値が高くて厳しいんだよねー」と語った学校の名だった。亜香里の人好きのする気さくな笑みを回想し、汀一は感心した。

「向井崎さん勉強できるんだね」

「妖怪が優等生ではおかしいか？」

「いや。そういうことじゃないけど。単純にすごいなと思って」

　素朴な感想を漏らしつつ、汀一は周囲に視線をやった。寿司屋や魚屋、どじょうの串焼きの露店などに挟まれた通りは混み合っているが、ざっと見たところ、時雨が発した「妖怪」という非日常的なフレーズに反応している人はいない。汀一の不安を読み取った時雨が軽く肩をすくめる。

「心配しすぎだ。確かに僕らの素性は秘密だが、街中でその手の言葉を口にしたところで、事実を話していると思う人はまずいない。普通にしていれば大丈夫だ」

「なるほどね……。お騒がせしました。てか、妖怪がどうこうって話をするなら、まず妖怪が学校通ってる時点で意外だよ。お化けには学校も試験もなんにもないと思ってた」

「それは偏見だ」

　即答したドライな声が、汀一が幼少期から抱いていたイメージを打ち砕く。汀一は寂しげに「そうなんだ……」と相槌を打ち、おずおず時雨を見上げた。

「ちなみに、夜は墓場で運動会を」

「してたまるか。そんなことをしたら迷惑極まりないし通報されるのがオチだ。そもそも君は妖怪を何だと思っているんだ」

「それは――」

前髪越しの冷たい視線で見下ろされ、汀一は口ごもり、次いで首を捻った。

言われてみれば、妖怪という概念についてはなんとなく知っているつもりだったけれど、自分が持っているのはフィクションで得たイメージだけだ。時雨たちとともに働く以上、正しい知識を持っておいた方がいいだろう。

と、そう思った汀一が「一緒に仕事するわけだし、ちゃんと知っておきたいんだけど妖怪って何なの?」と尋ねると、時雨は「聞いたのは僕なんだが」と言いたげに首を振り、視線を前に向けた。少し先で市場のアーケードが途切れ、いつの間にか降り始めていた雨が歩道を濡らしている。あー、と汀一が声をあげた。

「降ってきたね……。あの、時雨……? おれ、傘持ってなくて」

「入れ」

汀一が言い終えるより早く、時雨が持っていた傘を広げて右手を伸ばす。ありがたい。汀一がジェスチャーで感謝を示して右隣に並ぶと、時雨はこれ見よがしに溜息を落とし、「妖怪とは」と話し始めた。

曰く、妖怪を無理矢理定義づけるなら「伝承や記録などに残る、人ならざる怪異の総称」となるが、人の姿をしているもの、本性は別にあるが人の姿に化けているもの、動物の姿をしているもの、野鎌のように道具そのままの形のもの、あるいは実体のないものなど、その有り様はとても広く、一概に語るのは難しい。時雨の場合はこの少年の姿が本性で、姿を変えることはできない。固有の能力は妖怪によって異なる。妖怪としての特性は容姿や服装、持ち物などに反映されがちだが、例外も多い。人に交じって生きている妖怪はそれなりの数が存在し、古い街には多いと聞く。危険な妖怪はその多くが封じられたり退治されたりしたので、ほとんど残っていないらしい……。

時雨の説明は流暢で分かりやすく、汀一は興味深く聞いたが、「らしい」と断言を避けたのが少し気になった。正確なところは知らないのだろうかと思ったので尋ねてみると、時雨は少しムッとした顔で汀一を見返した。

「仕方ないだろう。僕は若いから昔のことはよく知らないんだ」

「若い？　時雨、何歳なの？」

「おおむね君と同じだが」

「え！　そんな若いの？」

「君は相変わらず大袈裟だな。若くて悪いか」

「悪くはないけど、妖怪って長生きなイメージあるから、もっと年上かと思ってた……。ちなみにどうやって生まれたわけ？　てか、妖怪ってどうやって増えるの？」

「質問が多いな」

そう言って肩をすくめた後、時雨は「十一年前、山形県の山中の廃村の廃寺で、四歳児くらいの姿で顕現《けんげん》していたところを保護されたんだ」と語り、妖怪は、自身の伝説や伝承が残っている場所でふと顕現することがあるんだ、と続けた。

出てくることがあるのなら消えることもあるわけで、普通に歳を取って老衰したり、肉体や精神が激しく損傷したり、誰からも意識されなくなったり忘却されたりすると、妖怪は消滅するらしい。その話を聞き、汀一はどことなくしんみりとした気持ちになった。

「『お化けは死なない』わけじゃないんだね……」

「その歌から一回離れてくれないか？　まあ、厳密に言えば消滅と死は違う。一旦消滅した妖怪が条件次第で復活することもあるし、極端に弱った場合でも何かに乗り移ることで存在を保つ方法などもあるから、死なないと言えば死なないんだが……」

時雨が冷ややかに肩をすくめて説明を終える。汀一は「なるほど」と分かったような分からない様な顔でうなずき、改めて、隣を歩く同い年の妖怪に目を向けた。

時雨の前髪が隠しているのは左目だけなので、こうして右隣を歩いているとその顔立ちがよく見える。濡れたように艶やかで細い黒髪に、すっと通った高い鼻、ブルーがかった深い色の目。クラスメートが「神秘的」「顔がいい」と評した面差しを横目で見上げながら、汀一は「あのさ」と声を発した。色々教えてもらったが、まだ疑問は残っているのだ。

「妖怪って色んなのがいるよね。河童とか天狗とか」

「それがどうした」

「時雨はなんなの？」

「そこまで話すつもりはない」

　即答だった。いや、ここまできてそれはないだろう。にべもない答に、汀一は「えー」と思わず不満を漏らしたが、時雨は冷たく切り返すだけだった。

「君が、共に働く上で基礎知識を押さえておきたいと言うから、僕はそれを説明しただけだ。僕の素性についての情報は仕事には不要だろう」

「それはそうかもだけどさ」

「……それに、言ったところで君は知るまい。僕は、伝承もろくに残っていないような地味な妖怪だから……」

　心なしか声を抑え、時雨が視線を逸らして言い放つ。どうも自分の種族だか分類だかにコンプレックスがあるようだ。だとしたらこの話題を掘り下げない方がいいだろう。そう判断した汀一は「ごめん」と謝り、口をつぐんだ。時雨は何も答えない。

　無言のまま、そして一つの傘に入ったまま、二人は信号を渡って路地へと折れた。ここから少し歩くと神社の鳥居が現れ、蔵借堂に通じる暗がり坂はその脇だ。どことなく気まずい沈黙の中、汀一はちらりと隣の妖怪を見上げた。

妖怪としての特性は容姿や服装、持ち物などに反映されがち。さっき聞いたばかりの解説を思い起こしつつ、すぐ隣を歩く時雨の容姿を再確認する。

長い髪で片目を隠し、背筋はまっすぐで、雨男。いつも傘を持っており、傘を使って妖気を吸うこともできる。

そのあたりの特徴からすると、と汀一は考えた。胸の内で声が響く。

だとすればこいつ、もしかして……？　いや、でも「君は知るまい」って言ってたし、だったらおれの知らないマイナーな妖怪なんだろう。だけど、妖怪にとっての常識は人間とは違うだろうし……。

答の出ない自問自答が胸中でぐるぐる渦を巻く。考えたって分からないなら、聞いてみるしかないだろう。汀一はそう決断し、おずおずと口を開いて語りかけた。

「もし間違ってたら謝るし、答えたくないならそう言ってくれればいいんだけど」

「なんだ」

「時雨ってもしかして唐傘お化け……？」

と、そう尋ねた次の瞬間。

時雨は「はっ」と大きな音を出して息を呑み、目を見開き、立ち止まった。一定のペースで歩いていた汀一は行き過ぎて傘から飛び出し、石段を数段降りてしまう。

「え？」

いや、そんなに驚く？　汀一は戸惑いながらも慌てて時雨の横へ戻り、その蒼白な顔を見上げた。と、「唐傘お化け？」と問いかけられた妖怪の少年は、汀一を見下ろし、わなわなと震えて声を発した。

「な――なんで知っとんがか……？」

「え？　ああ、なぜ知ってるのかってことか。急に方言が出たからびっくりした」

「そ、そんなことはどうでもいいだろう！」

「怒らなくても！　てか、正解なの？」

「……そうだ。だが、どうして」

「どうしても何も、片方の目を隠してるってことは、つまり正体は一つ目の妖怪なんだよね？　で、いつも傘を持ってて傘を使うってことは傘に関係した妖怪かな、一つ目一本足のあの唐傘お化けかなって、そう思っただけで……てかさ、一昨日からちょいちょい思ってたけど、時雨、おれのことを大袈裟だ大袈裟だって言う割に、自分も結構リアクション大きいよね。あと、びっくりすると方言が出るんだね」

「う！　……そ、それはその……大きなお世話だ……！」

我に返ったのか、時雨が恥ずかしそうに赤い顔をそむける。本人も気にしていることを突いてしまったらしい。汀一は「なんかごめん」「そういうのもいいと思うよ」「感情豊かなのは悪いことじゃないし」などと適当にフォローし、改めて話題を元に戻した。

「それよりも、ほんとに唐傘お化けなの？　全然地味じゃないよね、あれ？」

「そうか……？」

「そうだよ！　めちゃくちゃメジャーだよ！　何せ、おれでも知ってるくらいなんだから！　あの、握手してもらっていいですか」

「急に敬語になるな、気味が悪い。大体、握手なら昨日しただろう」

「おれの手、血まみれだったけどね……」

「握手は握手だ」

ようやく平静を取り戻した時雨が、行くぞ、と視線で促し歩き出す。汀一に合わせたペースで石段を下りながら、時雨は静かに語り始めた。

「僕は――唐傘の化け物は、アイデンティティが極めて不明瞭な、実にはっきりしない妖怪だ。一つ目一本足スタイルが多いが、手が二本あったりなかったり、目が二つだったりと容姿も不安定だし、そもそも正式な名前すら不安定。唐傘お化け、傘化け、唐傘、傘のお化け、唐傘小僧……。様々な名で呼ばれていて定まっていない」

「確かに、言われてみると正しい名前は知らないかも。でもやっぱりメジャーではあると思うよ？　お化けと言えば唐傘みたいなイメージ、絶対あるし」

「……確かに君の言うように、名を知られた妖怪ではある。金沢出身の文豪であり幻想文学の大家である泉鏡花も、妖怪変化の代表として、三つ目小僧や大入道とともに『一本足傘《からかさ》の化物』を挙げているくらいだからな。だが所詮、唐傘の妖怪は脇役で、その他大勢の無名のモブの一人にすぎない。まあ、唐傘には物語がそもそも存在しないのだから、それも当然ではあるが」

「『物語が存在しない』……？」

「そうだ。言うまでもなく、ほとんどの妖怪は、自身にまつわる出自や由来、伝承など、ストーリーを持っている。だが唐傘の妖怪は……つまり僕は例外だ。一つ目で一本足の唐傘の妖怪の姿は、江戸時代にカルタや双六《すごろく》のイラストによって生まれ、広がったもので、実際に出たという話はほぼ記録されていない。あるはずのない場所に傘がある、傘の上に何か乗ってくる、何かが傘を取る……といった怪談はあるものの、傘そのものが化けて出る話は極めて少なく、名称も一定していない。『出ない妖怪』なんだ、唐傘は……！」

「そ、そうなんだ……。それは知らなかったけど……でもさ！」

諦めたように言い放つ時雨をフォローすべく、汀一は意識的に明るい声に切り替えた。妖怪にとっては、自分の伝承が不明瞭であることはあまり嬉しくないものらしい。人間である汀一には正直ピンと来ない話だし、アイデンティティの不確かさに落ち込む妖怪を慰めた経験もないが、知り合いが真横で暗い顔をしている以上、スルーもできない。

「『ほぼ』とか『極めて少なく』ってことは、出た記録がなくもないんだよね」

「……まあ、あるにはある」

小さくうなずくと、時雨はぼそぼそと事例を挙げた。古寺に出る古道具のお化けの群れの一体として傘の化け物が出る話は各地に残っているし、大正時代の大分には、唐傘の形で一つ目一本足の妖怪『雨小僧』が雨の降る日に出るという話がある。また、一七六二年に刊行された怪談集『咡《ささやき》千里新語』には、奈良の興福寺《こうふくじ》の七不思議の一つとして『からかさ小僧』が挙げられている、云々。聞き覚えのある地名に、先日まで奈良県民だった汀一は意外な声をあげた。

「興福寺って、あの奈良駅の近くの？　そのからかさ小僧はどういう……」

「具体的にどういう姿のものが出たのかの記述はない。残っているのは名前だけだが……もしかしたら、気配を消していてもなお汀一に僕の姿が見えたのは、直前まで君が唐傘の妖怪の伝承地域にいたことが影響したのかもしれないな」

右手で傘を支えたまま、時雨が汀一を見下ろして言う。原理はよく分からないが、そういうこともあるものらしい。ともあれ、時雨が落ち着いたことに汀一はひとまず安心し、「つまり」と時雨の持つ傘を、続いて時雨の顔を見た。

「時雨の正体というか本体は傘なわけだ」

「それはちょっと違うな。器物系の妖怪には、年月を経た特定の道具が変じたもの……いわゆる付喪神《つくもがみ》も確かにいるが、何らかの物体・道具についての漠然としたイメージから生じるケースもある。僕はこの後者の方で、傘という概念から生まれた傘の妖怪なんだ」

「難しいね……。じゃあ、いつも傘を持ってるのは」

「持っていると落ち着くから持っているだけだ。それに、傘の化身である以上、僕は雨を呼びがちだからな。ただでさえこの街は雨が多いから」

「一つ目で一本足の傘の妖怪の姿に変身出来たりしない？」

「だから姿は変わらないと言っただろう。ちょっとわくわくした目で見るな。僕は顕現した時から傘を持った子供の姿だったらしいから、この、目が二つで、二本足の姿があくまで僕だ。もっとも、変身できたとしても君のために姿を変えてやるつもりはないが」

「ケチだなあ。で、変身できないとなると、何ができるの？　昨日は傘で野鎌をバクっとやってたけど、他には」

「傘を少し操れるのと、雨足を多少いじれる程度だ。……今、地味だと思っただろう」

「そんなことは……まあ、思ったけど」

「大きなお世話だ。と言うか、妖怪の大半はそんなものだ」

などと言葉を交わしているうちに、二人は蔵借堂の前に着いていた。軽口を叩き合いながら帰ってきた二人に気付いて、隣のカフェから前掛け姿の瀬戸が出てくる。

「やあ、お帰り。二人とも仲良くなったようで何よりだ」

「仲良く？　……まあ、そうかもですね」

「なっていません」

笑顔で出迎える瀬戸に、汀一と時雨が正反対の答を同時に返す。え、そうなの？　おれは結構打ち解けたつもりだったんだけど……と汀一が視線を向けた先で、時雨は無言で傘を畳んで水を切り、それを傘立てに立てて蔵借堂に入っていってしまった。

軒下に取り残された汀一が相変わらずの不愛想さに呆れていると、瀬戸がその心を読んだように苦笑いを浮かべた。

「不愛想なやつだなあって思ってるでしょ。悪い子じゃないんだけど、誰かと話すのがあんまり好きじゃないんだよね」

「それはなんとなく分かります……。でも、今日は結構喋りましたよ？　妖怪のこととか、自分が唐傘のお化けだとか、唐傘お化けの歴史だとか、色々教えてくれましたし」

無口な同級生をフォローするように汀一が言い足す。と、それを聞いた瀬戸は意外そうに眼鏡の奥の目を丸くした。ほう、と感心した声が店先に響く。

「そりゃあ珍しいこともあるもんだ。葛城くん、君、随分彼に懐かれたね」

「『懐かれた』？　いや、そういう感じじゃなくないですか？　むしろ懐いてるのはおれの方で、時雨は面倒だけど相手してくれてるだけだと思うんですが……」

開け放たれたままの蔵借堂の格子戸に横目を向け、汀一が訝しげに眉根を寄せる。だが、昔から時雨を知る前掛け姿の妖怪は、嬉しそうに笑みを浮かべて首を横に振ってみせた。

「時雨くんは、本当に迷惑だと思ったら、はっきりそれを口にするタイプだよ。他人との間に壁を作りがちで、不必要な会話を好まないという、妖怪には結構よくいる性格だ」

「そうなんですか？」

「自分は人間じゃないとか、同族がほとんどいないという事実があるとどうしてもね……若いうちは特に偏屈になりやすいんだ。自分は自分と割り切ってしまえると楽だし、実際亜香里ちゃんなんかはさっぱりしてるんだけど、時雨くんは真面目だからねえ。しかも彼の場合、自分の種族にコンプレックスがあるから……」

「唐傘お化けには物語がないとか出ないって話のことですか？」

「なんだ、それも聞いたのかい？　じゃあ間違いない。彼は彼なりに君と打ち解けつつあるか、少なくとも、距離を置かないようにしようとしているんだと思うよ。難しい子だからお世話をかけるかもだけど、今後ともよろしくね」

「お世話になってるのはこっちの方ですけどね……。でも、分かりました」

　瀬戸の言葉にうなずき返し、汀一はひとまず安心していた。時雨の態度は依然フレンドリーと呼べるものではないけれど、どうやら自分はそこまで迷惑がられてはいないようだ。やれやれと胸を撫で下ろしていると、店先の会話が聞こえていたのかいないのか、開いたままの格子戸の奥からやや苛立った声が飛んできた。

「何をしているんだ汀一。店の商品について説明してくれと言ったのは君だろう」

「あ、ごめん！　すぐ行く！　じゃあすみません、失礼します」

瀬戸にぺこりと一礼し、汀一は慌てて蔵借堂に駆け込んだ。

カラカサオバケ‥傘お化け。一つ目あるいは二つの目がついた傘から二本の腕が伸び、一本足でピョンピョン跳ね回る傘の化け物とされる。よく知られた妖怪のわりには戯画などに見えるくらいで、実際に現れたなどの記録はないようである。

（「妖怪事典」より）

第三話　笑うツチノコ

気が付くと、汀一は蔵借堂の店内に横たわっていた。

「えっ」

戸惑いの声を漏らし、汀一は目を瞬いた。左右には古道具の陳列された棚が並んでおり、天井には見覚えのある蛍光灯。間違いなく蔵借堂だ。売り場には自分しかいないようで周囲に人気はなく、なぜか後頭部がじわりと痛い。不可解な状況の中、汀一はとりあえず起き上がろうとして、再度戸惑った。

「えっ……？」

手足が動かず、体を起こすことができない。首と目だけは動かせたので自分の体を見下ろすと、古びた紐が体にしっかりと巻き付いていた。両手は体の真横に下ろし、脚はまっすぐ伸ばした直立姿勢から動かないよう、ぐるぐる巻きにされている。

なんだこれ。事件性しか感じられないシチュエーションに、ぼんやりしていた脳が急速に覚醒していく。ガチガチに縛られた体と煤《すす》けた天井を交互に見やりながら、汀一はこうなるに至ったいきさつを回想した。

「えーと、確か今日は、学校が終わった後、いつものように時雨と蔵借堂に行ったんだよな。店に着いたら亜香里も先に帰ってきてて……」

＊＊＊

「こっちが中学の卒業式に両親と一緒に撮ったやつで、これが祖父《じい》ちゃんと祖母ちゃん。昨夜撮ったんだけど、なんに使うんだって気味悪がられた。バイト先で見せてほしいって言われたって説明したら分かってもらえたけど」

「仲良いんだね」

「今の話でそう思う？　まあ、悪くはないけど」

汀一がバイトを始めて二週間目のある平日の午後、例によって営業中なのに客がいない蔵借堂の店内にて。汀一はいつものように店番用の丸椅子に腰かけ、カウンターの向こう側で折り畳み式の椅子に座った亜香里に自分のスマホを見せていた。学校帰りなので私服ではなく、明るい色のTシャツの上に制服の半袖シャツのボタンを外して羽織っている。店の奥に通じる上がりかまちには、いつにもまして不機嫌な顔の時雨が腰を下ろしていた。

談笑に交じる気がないのだろう、学生服姿の時雨はずっと無言を決め込んでいたが、清楚で上品な半袖ブラウスにエプロンを重ねた亜香里に「時雨も見てみなよ。せっかく汀一が撮ってきてくれたんだから」と声を掛けられると、物憂げな声でぼそりと応じた。

「僕は別に……。と言うか、僕は奥で仕事があるから」

「だから、人手が要るなら蒼十郎さん呼びに来るでしょ？　今は呼ばれてないよね？　たまには雑談に付き合いなさい」

「……分かった」

やるせない溜息が店内に響く。反論しても勝てないと悟っているのだろう、時雨は少し浮かせていた腰を黙って下ろした。憮然とした顔の級友に、汀一は労うような苦笑を向け、満足げにうなずく亜香里に向き直った。

「前から思ってたけど、時雨のお姉さんみたいだよね、亜香里。学年一緒なのに」

バイトを始めた翌日に「三人で話す時に自分だけ苗字にさん付けで呼ばれるのは疎外感があるんだよね。わたしも汀一って呼ぶから、汀一は亜香里って呼んでくれる？」と言われて以来、汀一は亜香里のことを下の名前で呼んでいた。女子の名前を呼び捨てにするのは若干気恥ずかしかったりもするのだが、亜香里は気にしてないようで、けろりと応じた。

「歳は一緒でも、わたしの方がここに引き取られたの一年半くらい早かったから、なんとなくね。へー、汀一はお母さん似なんだ」

汀一の言葉に相槌を打ちつつも、亜香里の視線はスマホの写真から離れない。知り合いの家族の顔を見るのがそんなに楽しいものなのだろうか。汀一が首を傾げてそのことを問うと、亜香里はあっさり首を縦に振った。

「面白いよ？　わたしたち親とかいないから新鮮で」
「え？　あっ、そっか、ごめ――」
「『傷つけた！』みたいな顔しなくていいから。そういうものだと割り切ってるし」
「そうなの？　ならいいけど……あ、そうだ。前から聞きたかったんだけど、亜香里って
なんて妖怪なの？　あ、もし言いたくないならそう言ってくれたらいいから」
「そんなことないって。汀一、すぐそうやって気遣いするよね」
「そうかな……って、そうだね、確かに」
「優しいのはいいんだけどねー。その気遣いっぷり、時雨と足して二で割ればちょうど良
さそう。時雨はほんと人の気持ちを考えないから」
「大きなお世話だ」
「いやいや、時雨、こう見えても優しいよ？　毎日おれを傘に入れてくれるし……」
　亜香里にからかわれてふてくされる時雨を、汀一はすかさずフォローした。だが時雨は
そのことに礼を言うでもなく、なぜか汀一をじろりと睨んだ。
「好きで傘に入れているわけじゃないからな。たまには自分の傘を差せ。雨が多いことは
そろそろ学習しただろう」
「いや、折り畳み持ってるんだけど、小さいんだよね。時雨の傘は大きいし、背も高いか
ら、入れてもらうとすごく楽で……」

申し訳なさそうに頬を掻いた汀一が「いつもありがとう」と言い足すと、時雨は無言で溜息を吐いた。「仲良しですこと」と亜香里が笑う。仲良しなんだろうか、おれたちは。汀一は時雨と顔を見合わせて同時に首を傾げ、改めて亜香里に向き直った。

「で。亜香里ってなんなの？」

「ふっふっふ。なんだと思う？　当ててみて」

亜香里が汀一を見返して笑う。至近距離かつ真正面から向けられる笑顔の可愛さに汀一の呼吸が一瞬止まった。汀一の亜香里への好意を知っている時雨は、赤くなって固まっている級友を横目で眺め、やれやれと肩をすくめて亜香里に言った。

「妖怪同士だと嫌われる質問の定番だぞ、それは」

「え。これ、『私何歳に見える？』みたいなやつなの？」

「汀一は妖怪じゃないからいいじゃない。さあ、わたしはなんでしょう？」

「え？　えーと……」

亜香里に問いかけられ、汀一は対面の少女をまじまじと見つめて考えた。

肌は色白、髪は艶のある黒で、愛嬌のある顔は小さく、目は大きく、体のラインはブラウスとエプロン越しでも分かる程度に柔らかい。もっとも、それらの特徴は前から知っているわけで、しかも汀一には妖怪の知識がほとんどないわけで、こうしてじっくり見たところで、浮かぶのは「やっぱ可愛い」という感想くらいだ。凝視されるうちに恥ずかしくなってきたのだろう、頬を赤らめた亜香里が汀一を急かす。

「……早く」

「ご、ごめん！　ええと……」

亜香里に釣られて顔を赤くしながら、汀一はさらに考えた。

女の子である以上は、おそらく女性や少女型の妖怪なんだろう。で、金沢にいるってことは北国っぽい妖怪で……いやでも唐傘お化けって性別なさそうだし全国区なのに時雨は男で金沢に住んでるから、あんまり関係ないのかも？　と言うか女の人の妖怪って何がいたっけ……？　とかなんとか思案した挙句、汀一は恐る恐る声を発した。

「ゆ……『雪女』……？」

汀一が告げたその答を聞くなり、亜香里は一瞬真顔になり、直後ぷっと噴き出した。けらけら笑ってカウンターを叩いた後、雪女呼ばわりされた妖怪少女は「それはないって！」と顔を上げた。よほど面白かったのだろう、目尻に涙が浮かんでいる。

「もう、持ち上げすぎだよ！」

「雪女って言うと持ち上げたことになるんだ……。妖怪の常識って難しいね」

でもまあ気を悪くしてないようで良かった、と内心で付け足しながら苦笑する汀一。そこに時雨が口を挟んだ。

「亜香里が雪女なわけがないだろう。そもそも、ここは器物系の妖怪が集まる店だ」

「そっか、そうだったね。じゃあ……」

「こいつは『送り提灯《ちょうちん》』だ」

汀一の言葉に時雨の声が被さり、打ち消す。空気を読まない明言に、亜香里は「なんで言っちゃうかなあ」と眉をひそめたが、そう言われても汀一にはピンと来なかった。

「送り提灯って、あの、提灯が割れてベロ出したり火を吐いたりしてるやつ？」

「それは『提灯お化け』だ」

「『不落不落《ぶらぶら》』って名前で絵になってたりもするけどね。そうじゃなくて、送り提灯は、江戸時代の本所《ほんじょ》で語られた七不思議の一つ。夜半、道を歩く人の前にぽっと灯りが浮かび上がって点いたり消えたりするけど、その灯りには決して追いつけない、という妖怪なのです」

「へえ……って、え？　それだけ？　チカチカするだけなの？　見たら呪われるとか襲ってくるとか、そういうのは」

「ないんだよねー、これが。だから、わたしにできるのはせいぜいこんなことくらい」

そう言って亜香里は振り返り、古道具屋の店内を照らす蛍光灯を見た。釣られて汀一もそちらに目を向けると、亜香里は「むっ」と力を込めた。と、円盤状の笠を被った蛍光灯がチカチカと明滅し、二、三回点いたり消えたりしたところで、亜香里は汀一に向き直って苦笑した。

「以上。送り提灯の能力でした」

「……ささやかだね。眩しさをコントロールできるってこと？」

「正確に言うと、特定の誰かから見て前方にある照明の光り方を調整できるって感じかな。使い勝手が今一つな上、ぐっと念じないと力が使えないから、これをやると何もできなくなるんだよね」

「……ますますささやかだね」

「でしょう」

「でも、危険な妖怪じゃなくて人間としては安心したよ。あとさ、これも聞こうと思ってたんだけど……ここに住んでるのって、時雨と亜香里、カフェのマスター……じゃなかった、大将の瀬戸さんと、あと北四方木さんの四人でいいんだよね」

「そうだが、それが何か」

「瀬戸さんたちはなんて妖怪なの？」

「ふっふっふ。なんだと思う」

「それはもういいだろう、亜香里。瀬戸さんは瀬戸大将《せとだいしょう》で、蒼十郎さんはミンツチだ」

「ちなみにミンツチってのは北海道の河童で、瀬戸大将は瀬戸物が集まった妖怪ね」

時雨の言葉を亜香里が補足する。あっさりした答に汀一はへえと相槌を打ち、そして大きく眉根を寄せた。あの厳めしくて強面で長身の北四方木が河童というのも意外だったが

――河童というとひょうきんで小柄なイメージがあるし、そもそも道具ではないわけで
――それよりも、と汀一は思った。

「正体が瀬戸大将で人間バージョンの名前が瀬戸ってそのまんますぎない？」

「それはみんな思っている」

腕を組んだ時雨が静かに告げる。亜香里は苦笑で同意を示し、カウンターの内側に置いてあるオレンジ色のバックパックを目に止め、話題を移した。

「汀一、カバン変えたんだ」

「あ、うん。学校指定のカバンってみんな使ってないし、背負える方が楽だしね」

「僕は使っているが？」

「時雨くらいしかいないだろ。亜香里、お店教えてくれてありがとう。あそこ、竪町だっけ？　お店多くて遊べそうな場所だよね」

「遊ぶんだったらやっぱりマチだもんね」

「まち？」

「そっか。汀一は分かんないよね。竪町とか香林坊《こうりんぼう》とかせせらぎ通りとかのあたりをひっくるめてそう呼ぶの。あのへんはカフェとかスイーツショップも色々あるし」

「へー！　スイーツいいなあ」

「食いついたね。甘いもの好きなの？」

「好きです。とても」

　真剣であることを示すため、汀一はかしこまって敬語で応じた。「前に住んでた場所ではコンビニスイーツが限界だったから」と言い足すと、亜香里は笑顔で同情を示してくれた。

「わたしも甘いもの好きだから気持ちは分かるかな」

「そうなんだ。じゃあおすすめのお店とか」

「色々あるけど……どれかって言われると、あそこかなー。武蔵《むさし》のビルに果物屋さんがやってるパーラーがあってね、季節ごとのフルーツのパフェ出してて、もうすぐ桃のパフェが出るんだけど……それがね、すっっっっっごく美味しいらしいんだよ！　金沢全女子の憧れと言ってもいいくらい！」

「感情込めたね……。てか、『らしい』って？　行ったことないの？」

「学校で友達に聞いただけ」

「なんでまた。行けばいいのに」

「汀一は知らないから簡単に言うけど、すごい人気のお店で、特に一番人気の桃パフェのシーズンは朝から行列がずらっともうすごいんだから。数量限定だから、並んでも食べられるか分かんないし、しかもサイズがすごくって。一人じゃ絶対無理な量でね」

　食べてみたい気持ちはあるものの、友人たちは「そんなにたくさん食べられない」と尻込みするし、自分だってそんなに大食いなわけでもないし、でも食べてみたいし、云々。亜香里は件のフルーツパフェへの憧れをひとしきり熱く語り、ややあって落ち着きを取り戻して微笑んだ。

「他にも色々美味しいお店はあるし、金沢来れて良かったね。バイト代も入るし、食べ歩きし放題じゃない」

「そうなんだけど……でもほら、男一人だとそういうところに入りにくくてさ」

「そういうものなの？　よく分かんないなあ。じゃあ時雨と一緒に行けば？」

「断る。甘いものは苦手だ」

男子二人でも居心地の悪さは変わらない気がする、と汀一は反論しようとしたが、それを言うより先に、時雨の明確な宣言が店内に響いた。このどうでもいい雑談タイムに全く魅力を感じていないらしい唐傘の妖怪の少年は、言葉を重ねるそぶりも見せず、すぐに腕を組んで黙り込んでしまう。弟分のその言動に、亜香里は困ったような笑みを浮かべて
「それにしても」と店内を見回した。

「お客さん来ないねえ。わたし担当のカフェの方もそりゃ大繁盛ってわけじゃないけど、週末は流石にもうちょっと来るし……。汀一、ここに来てもう二週間くらい経つよね？何人くらい接客した？」

「……十人、くらい……？」

指折り数えて応じる汀一。うち一回は保険の営業だったと言い足すと、亜香里は「おおう」と大げさに呻き、顔を覆ってみせた。

「古道具屋としてどうなんだって感じだよね、それは。蒼十郎さんの修理が本業みたいになっちゃってるとは言え、それはやっぱりちょっと問題な気がする……」

「確かに」

亜香里の嘆きに汀一が苦笑で同意する。蔵借堂の住み込み従業員……と言うより、家族の一員である北四方木蒼十郎は腕のいい職人であり、市内の料亭だの寺社だのから古い道具の修理をよく請け負っていることは、汀一もすでに知っていた。

蒼十郎の仕事場である店の奥にある工房には、一度、年代物のベビーベッドを運ぶ手伝いで行ったことがある。様々な工具が整然と並んだ棚、整理された作業スペース、さらに奥の倉庫に通じる重たい扉などを回想する汀一の前で、亜香里は続ける。

「実際今の時代に古道具だけじゃ難しいのは分かるけどね。一つ売れても単価安いし」

「それも確かに……。ここさ、骨董品とか古美術とかは扱わないの？　たとえばほら、刀とか。この前、博物館の刀剣特別展のポスター見たんだけど、ああいうのって単価がめちゃくちゃ高いんだよね？」

「あ。それは――」

「うちが刀剣など扱うわけがないだろう。君はやはり何も分かっていないな」

亜香里が何か言葉を返そうとした、そこに時雨の呆れかえった声が被さり、打ち消した。その極端な物言いに、汀一は驚くよりも困惑した。なので素直に理由を尋ねると、時雨は口を開こうとしたが、その時、カウンターの奥にある障子戸が開いた。

「時雨。少し手を貸してくれるか」

重たく渋い声とともに現れたのは、頭に赤い手ぬぐいを巻いた、半袖の作務衣姿の長身の男だった。蒼十郎である。「話を邪魔してしまって悪い」と汀一や亜香里に断った蒼十郎は、改めて時雨に向き直って淡々と言葉を重ねた。

「仏壇の補修を頼まれていて、今から引き取りに行くんだが、大きなものなので一人で運ぶのが難しい。濡らすわけにもいかないから、積み込みを手伝ってほしいんだ」

「分かりました、喜んで」

時雨が即座に立ち上がり、よく通る声できっぱり応じる。蒼十郎は、外見こそ厳めしいが、別に怖い人ではないことは汀一はもう知っていた。誰に対しても不愛想で淡々としている時雨が蒼十郎のことは尊敬し慕っていることもよく知っていたので、いきなり態度を変えた時雨を見ても今更驚きはしない。助かる、と蒼十郎が短く応じる。

「すまない葛城君。時雨を借りる」

「どうぞどうぞ……って、おれが言うことでもないですが。あ、そうだ。北四方木さんって、『ミンツチ』って妖怪なんですか？　北海道の河童だって聞いたんですが」

「時雨たちから聞いたのか？　そうだが……？」

　それがどうかしたのかと言いたげに軽く首を傾ける蒼十郎である。だが汀一が「道具の妖怪じゃないのかなと思って」と続けると、蒼十郎は得心したようにうなずいた。

「ミンツチは確かに、北海道に伝わる河童的な存在……即ち、水に住み、人や家畜を水中に引きずり込んだりする人型の妖怪ではあるが、元々は、アイヌの神であるオキクルミが、疫病をもたらす疱瘡神《ほうそうがみ》と戦うためにヨモギの草で作った人形なんだ。俺の手ぬぐいが赤いのも、疱瘡神は赤を嫌うからだ。人形は全部で六十一体作られたが、うち六十体が疱瘡神との戦いで戦死し――」

「最後に残った一人がミンツチに？」

「ではなく、戦死した六十体が水に住む妖怪に転じたのが、俺たちミンツチなんだ。その出自故に、ただ人や家畜を害すだけでなく、人間を守護する神の使いであるとか、魚を支配する水域の神という側面も持っている」

「へえ……！　かっこいいですね」

「子供の感想か」

　素直な言葉を発した汀一に時雨が呆れた声で突っ込む。「うるさいな」と小声で反論しつつ、汀一はしみじみ納得していた。元々が戦闘用の人形ということなら、器物の妖怪が集まる店にいてもおかしくないし、見た目が武骨で強そうなのも腑に落ちる。

「よく分かりました。ありがとうございます」

「礼を言われるようなことはしていないが……？　それと亜香里。もし今手が空いているなら、カフェの方に行ってやってくれ。大将がひどく忙しそうにしていた」

「え。そうなの？　今日は一人で回せるから大丈夫って言ってたのに」

「そう言ってしまった手前、言い出せないでいるんだろう」

「ほんとにもう、歳の割に大人げない……！　じゃあ汀一、わたしお店戻るから。何かあったら呼んでくれていいからね」

亜香里が格子戸を開けて足早に出ていく。続いて時雨と蒼十郎も奥の障子戸から立ち去ってしまい、後には汀一だけが残された。

「静かになったなあ……」

静かなのはいつものことだとは言え、ついさっきまで賑やかだったので落差が大きい。カウンターの内側の丸椅子に腰かけたまま、汀一は何とはなしに店内を見回した。

瀬戸からは、そこにいてくれればそれでいい、スマホを弄ってようと課題をしてようと構わないから、と言われてはいる。だが、もともと気の大きくない汀一にとって、バイト中に仕事に関係ないことを堂々とやるのは気分的に難しく、何をするでもなくカウンターに座っているか、商品を整理したり汚れを拭いたりしていることが多かった。

そうしてぼんやりと掛け時計の音を聞き続けること、約十五分。格子戸が引き開けられ、

五、六人の客がどやどやと入店してきた。
「お、いいねえ！　こういう店にこそね、掘り出し物があるんだよ」

やってきたのは、いかにも観光客らしい風体の七十代以上の男女の集団だった。物珍しそうに店内を見回す集団の中で、リーダー格らしき白髪にカーディガンの男性が自慢げに語る。珍しいことにどうやら客のようだ。汀一は背筋を伸ばし「いらっしゃいませ」と声を掛けたが、集団はそれに応じるでもなく店内を物色している。その様子をしばらく眺めていると、棚の陶磁器を手に取っていた白髪カーディガンの男性客が汀一を呼んだ。

「君。これは九谷焼《くたにやき》かね？　有田《ありた》で焼かれたものかと思うんだが窯はどこかね」

「……どうなんでしょうね」

ひょこひょこと席を立って男性客に近づき、汀一はおぼつかない声で応じた。こっちはただの店番なのに、そんなことを聞かれたって分かるわけがない。

「そんな由緒あるものは置いていないと思いますが……あ、いや、置いていませんが」

首を傾げて答えると、期待したような返事ではなかったのだろう、白髪の男性はあからさまに不満げに眉を寄せ、ぞんざいに湯呑を棚に戻した。「自分が骨董に詳しいところを仲間に見せたかったのに」という顔である。

「まったく……おお。この掛け時計はなかなかいいね。戦前のドイツのものと見たが」

「どうなんでしょう。というかそれ売り物じゃないので……すみません」

汀一がおずおず頭を下げると、集団客の何人かが噴き出した。そのリアクションに恥をかかされたと感じたのか、リーダー格の男性客がいっそう不満げな顔になる。

その後、この男性は「あの急須は唐津《からつ》かね」「これは伊万里《いまり》のようだが模様は印判《いんばん》かね、摺絵《ずりえ》かね、転写かね」と、店内のあれこれを指さしては尋ねたが、汀一が煮え切らない答を返すうちに苛立ちを重ねていき、やがて、これ見よがしに大きな溜息を吐いた。

「価値のあるものが何もない店だな、ここは！　せっかく目利きが来てやったのに。まあ、強いて言うなら、この煙草盆《たばこぼん》あたりは結構面白いと言えば面白いが……。うちの座敷に合いそうだ。勉強してくれるんだろうね？」

「はい？　学生なので勉強はしてますすけど」

「そういうことじゃない！　こういう店で『勉強』と言ったらつまりあれだよ。ほら……買うとしたら、値段の何割かとか、郵送費を、とか……」

「あー、安くしろってことですか？　いや、そういうサービスはやっていない……はずです。はい。すみません」

「あのね。君はサービスをなんだと思ってるんだ？　せっかくの機会だから言ってやるがね、君はサービス業の基本が何も分かっちゃいない！　観光客は地方にお金を落とすんだから優遇するのが当たり前だろう。そもそも君は骨董や古美術のことを知らなすぎる」

「そもそもうちは骨董も古美術も扱っていないんですけども」

「今はわたしが話しているんだ！　こういう店では店員との掛け合いが楽しいんじゃないか。なのに君は──」

「うるせえぞジジイ！」

　何の前触れもなく唐突に、男性客の説教にガラの悪い大声が割り込んだ。

　その語気に、男性客が驚いて黙り込み、他の客も息を呑む。むろん汀一も驚いていた。よく通るからっとした男性の声のようだったが、あんな声は初めて聞く。誰だ、と店内を見回すが、声の主の姿はどこにもなく、しかも謎の声はまだ続いた。

「うちは実用品一点張りの古道具屋なんだよ。なのに頓珍漢《とんちんかん》なことばかり、黙って聞いてりゃあベラベラベラベラベラベラと……。妖怪人間か！　そもそもうちは値引き交渉はやらねえんだ！　表に貼ってあるだろうが！　ひやかしなら出ていけこの田舎者！」

　謎の声が怒号のボリュームを引き上げる。出所不明の怒鳴り声に、男性客とその一行は泡を食って青ざめ、逃げるように退出してしまった。

　再び店内に静寂《せいじゃく》が戻り、一人残された汀一は「え……」と心底不安な声を発した。正直、自分も逃げ出したいところだったが、店番なのでそうもいかない。怯えた顔でおどおどあたりを見回すと、あの謎の声が再び響いた。

「たまにいるんだよなあ、ああいう店員を舐めてかかってくる手合いがよ。古道具屋はキャバクラじゃねえんだからトークに来るなっつうんだ。少年も災難だったねえ」

「え？　いや、それは……と言うか、どこで喋ってるんです……？」

「どこって、ここじゃねえか。ほら、ここだよここ！　こっち！」

汀一の問いかけに声が呼応する。それに釣られて振り返り、恐る恐る歩み寄ってみると、謎の声はどうやら、柱に掛けられた古い木槌から出ているようだった。

本体は長さ十五センチ、直径十センチほどの円筒で、平面部から長さ十センチの取っ手が突き出ており、その取っ手の先の紐が壁の釘に掛けられていた。藁打ちなどに用いられる横槌《よこづち》という道具である。

元々は黒く塗られていたようだが、塗装は剝げ落ちて古びた木肌がむき出しになっており、値札は付いていない。値札がないということはつまり、妖具！　野鎌の一件が汀一の脳裏に蘇る。息を吞んで見つめた先で、古びた横槌はあっけらかんと言葉を重ねた。

「礼はいらねえよ、少年。若いもんが年寄りにガツンと言うのは難しいからな」

「は、はあ、どうも……。あの、聞きたいことは色々あるんですが」

「なんだい？」

「このお店、値引き交渉やらないなんて表に貼ってありました……？」

「貼ってないが？」

「ですよね！　嘘吐いたんですか？」

「驚くことじゃねえだろ。お化けは人を騙してなんぼだぞ」

　堂々と開き直る横槌である。汀一はその物言いに呆れ、そして同時に身構えた。お化けを自称するということは、こいつはやはり妖具らしい！　と、横槌は、目も鼻も耳もないのに汀一のびくつきを察したようで、カラッとした声で笑ってみせた。

「そう警戒しなさんな。俺だって少年と同じく蔵借堂の一員だぜ？　まあ、仲良くやろうじゃねえか、葛城汀一くんよ」

「おれの名前知ってるんですか……？　いや、ですけど、亜香里と時雨は店に住んでるのは四人だけって言ってましたが……」

「住んでるやつってのはつまり、飯食って風呂入って夜寝るやつのことだろ。俺は見ての通り陳列されてるだけで、普段はずーっと寝てるからカウント外なだけだよ。信じろ。少年のことは騙しやしないし嘘も吐かない」

「ほんとに……？　じゃあ、あなたは何なんです……？」

「俺かい？　名前は槌鞍《つちくら》。種族はツチノコだ」

「ほらもういきなり嘘じゃないですか！」

　少し気を許しかけていた汀一は、慌てて後方に飛びのいた。一メートルほどの距離を保って警戒しつつ、汀一は不審げな顔で続ける。

「ツチノコってあの太った蛇ですよね？　槌鞍さんでしたっけ、あなたはどう見ても木槌だし、蛇には見えないんですけど……」

「馬鹿野郎。そりゃUMAの方のツチノコだろうが。あれだろ？　一九五八年に釣り人兼エッセイストの山本素石《やまもとそせき》が京都山中で目撃し、そのことを六二年に発表したところ反響を呼び、七〇年代にはテレビ番組や少年誌でも取り上げられて一大ブームを巻き起こした方のツチノコだろ？　俺はそっちじゃない方のツチノコだ」

「詳しいですね……。てか『そっちじゃない方』って」

「木槌の妖怪にもツチノコって名前が付いてるのがいるんだよ。坂の上から横槌が転がってきてでかい声で笑って光る、これぞ妖怪ツチノコである、って話があるの。それが俺。金沢は小姓《こしょうまち》町の槌子《つちのこ》坂に出た由緒正しい地元妖怪だぞ。覚えとけ」

「は、はあ……」

「よし、せっかくの機会だ。浅学な少年に色々教えてやる。どうせ暇だろ」

「え？　……い、いや、実は仕事が山のように」

「一秒でバレる嘘吐いてんじゃねえよ。いいから椅子持ってきてここに座れ」

柱の釘からぶら下がった横槌が汀一に告げる。正直かかわりたくなかったし、迷惑度合いはさっきの客とあまり変わらない気もしていたが、暇なのは確かなわけで、そして店番である以上席を外すわけにもいかない。

やばそうだったら隣のカフェに助けを求めよう。最悪、大声で叫んで壁をバンバン叩けば伝わるはず。そう胸の内でつぶやきながら、汀一はカウンターの丸椅子を持ってきて、横槌の——本人の言葉を信じるならばツチノコの槌鞍の——前に置いて、腰を下ろした。

「……あの、お茶とかいります？」

「いらねえよ。横槌が茶を飲むか。……さてさて、このツチノコの槌鞍、今でこそこうして古道具屋にぶら下がっているが、元を辿れば」

「坂を転がってくる妖怪なんですよね。よく分かりました。ありがとうございます」

「話を切り上げようとするんじゃねえ！　確かに坂で転がってたけどな、その前があるんだ、その前が。ドラマチックな半生が！」

「ドラマチックな……半生……？　横槌にですか……？」

「信じる気ゼロみたいなリアクション返しやがって。お前さては、横槌を……いや、槌を舐めてるな？　こと妖具界隈じゃ、槌はなかなかのもんなんだぞ。何せ魔力のシンボルだ。無学な少年でも分かるように言えば……そうだな、打ち出の小槌は知ってるだろ。『一寸法師』に出てくるやつ。鬼が持ってた、あらゆる願いを叶えるチートアイテムだ」

「あ、それは知ってます」

　言われてみれば確かにあれも槌である。ということは、槌が魔力のシンボルという話はあながち嘘ではないのかもしれない。汀一がうなずくと、槌鞍は嬉しそうに相槌を打った。

「だろ？　で、どんなカテゴリーの妖具にもランキングはあるんだが、槌で一番といえばやっぱ魔王の木槌なわけだよ少年。備後《びんご》の国、今で言う広島は三次《みよし》に伝わる長編実録怪談、通称『稲生物怪録《いのうもののけろく》』に登場するアイテムよ。あまたの妖怪を束ねる魔王・山本五郎左衛門《さんもとごろうざえもん》が、稲生平太郎《いのうへいたろう》って若者の勇気を認めて授けたもので、今も三次に残ってる。山本は、自分は『神野悪五郎《しんのあくごろう》』というもう一人の妖怪大将とライバル関係にあると語り、何かあればこれを振れと言い残して去ったという」

「へー。そんな話があるんですね」

「なんだお前、知らねえのか？　妖具を扱う店で働いてるくせによ。よし、じゃあ話して聞かせてやる。そもそもは寛延《かんえん》二年の五月末……」

槌鞍が「稲生物怪録」を語り始めた。肝試しでタブーを犯してしまった主人公の若者のもとに、毎日様々な妖怪が訪れるようになるという話である。名調子に汀一は黙って耳を傾けていたが、十分くらい聞いたところで、長いな、と思い始めた。

「あの、お話し中すみません。これ、まだ結構続く感じです……？」

「まだ四日目じゃねえか。三十日分あるから心して聞け」

「……端折《はしょ》ってもらっていいですか？」

「お前、結構図太いな。だがまあ、分かった。――その願い、叶えよう」

いきなり槌鞍の口調がおごそかなものに切り替わった。同時に、古びた横槌でしかなかったその体が、稲光のような強烈な光をビカビカと放つ。唐突な閃光に汀一は思わず「うわっ」と目を覆い、直後、あっと息を呑んでいた。これはもしかして――！

「もしかして槌鞍さんって、打ち出の小槌的なやつなんですか？　で、おれは今どうでもいいことに願いを使っちゃった……？」

「お。案外察しがいいじゃねえか」

「や、やっぱり！　すみません今のはできればキャンセ」

「嘘だバーカ。ツチノコが願いなんか叶えられるわけねえだろ」

慌てて手を合わせる汀一に槌鞍の無慈悲な声が投げかけられる。えー、と落胆する汀一の前で、槌鞍は満足げに笑い、話を戻した。

「ともかく平太郎は一か月間の度胸試しに耐え抜き、その勇気と豪胆さを認められて魔王の木槌を授かったわけだ。その木槌こそがこの俺様で」

「また嘘を……。さっき、その木槌は今も広島にあるって言ったじゃないですか」

「少年、意外と鋭いな。ともかく、妖具もピンキリだから、高ランクのやつはすごい力があるって話をしたかったわけだよ。以上」

槌鞍があっさり話を締めくくった。「半生」のことは結局何も分からなかったが、長くなりそうだった話が終わったことに汀一は安堵し、同時に、妖具にもランクがあるという話に少し興味を惹かれた。

「他の道具……じゃない、妖具にもそのランクってあるんですか？　たとえば傘とか」

「傘？　ああ、時雨からの連想か。そうだなあ。傘だったら……まあ、トップに来るのは手形傘《てがたがさ》あたりだろうな。山梨県は一蓮寺《いちれんじ》に伝わる伝説で、さる徳の高い和尚が、葬式の邪魔をした雷神だか怪獣だか大きな猫だかを懲らしめた際に」

「どういう妖怪なんですそれ。雷神で怪獣で猫？」

「知らねえよ。記録にそう書いてあるんだからそういうもんだと納得しろ。ともかくそのよく分かんない妖怪に、和尚がもう悪さはしないと誓約させて、その証として手形を押させた傘があったんだ。これが手形傘。戦争で焼けちまっただかで現存はしてないが、結構な妖力を秘めていたって話だよ。人と妖怪の約束から生まれた妖具ってわけだな」

「人と妖怪の約束から……。なるほど、そういう風に妖具ができることもあるんですね。よく分かりました。今日はありがとうございました」

「流れるように話を終わらせやがったな。もっと付き合えよ。他に聞きたいことは？」

「いえ大丈夫です。間に合ってますので」

　槌鞍を直視しないように顔を伏せ、汀一は首を左右に振った。槌鞍の語る話には興味深い部分も確かにあるが、ちょいちょい騙そうとしてくるのでどうにも信用し切れない。であれば、あまりかかわらない方がいいだろう。そう判断した汀一は腰を上げ、丸椅子を持ち上げてカウンターへ戻ろうとしたが、その背に槌鞍が再び声を掛けた。

「なあ少年。お前、亜香里のこと好きなんだろ」

「え」

　不意を突かれた汀一がぴたりと固まり、そして振り返る。「いやそんなことは」などと汀一が弁解するより先に、槌鞍はドライな口調で言葉を重ねた。

「あいつ年上の彼氏がいるぞ」

「え……！　ほ、ほんとなんですか……？」

「嘘。どう？　引っかかった？」

「いい加減にしてください！　リサイクルショップに売り飛ばしますよ」

「脅し方が怖えなお前！　そこはせめて博物館とか民俗資料館に寄贈するとかにしろ！　と言うか一旦手を放せ！」

　思わず取っ手を摑んだ汀一に、槌鞍が焦った声で切り返す。汀一が無言で手を離すと、槌鞍はそれはもう大げさに溜息を吐いた。

「俺はただ少年に、亜香里と仲良くなれる方法を教えてやろうと思ってだな……」

「仲良くなれる方法……？」

「そうだよ。ほら、この店には、妖怪そのものだったり、妖怪が使ってたりした不思議なアイテムが色々あるわけだろ？　そういうのを上手く使えば恋人を作るなんて簡単だ。どうだい、興味があるだろ？」

「それは……いや。いいです」

　立ったまま一瞬逡巡し、直後、汀一はきっぱり明言した。さらに「道具に頼って誰かの心を動かすなんて卑怯だと思うので」と言い足すと、槌鞍はしばし黙り込み、感心したとも呆れたとも取れるような声を発した。

「まあ、そういうところは尊敬してやんなくもないが……でも、幸か不幸か、他人の気持ちをいじくりまわせるようなものはここにはねえし、そこまでさせるつもりもねえよ。言っちまえばちょっとしたアドバイスだ。あれを使えばきっかけが作れるんじゃないの、的なやつ。騙されたと思って話くらい聞いてみな」

「まあ、そこまで言うなら……。分かりました」

「よっしゃ、話を聞きたいんだな？　——その願い、叶えよう！」

再びおごそかな口調になった槌鞍がまたもビカビカと発光したが、汀一はもう驚かなかった。「リアクション薄いなあ」と槌鞍が悪態を吐く。

「そこはもっと派手に『ま、まさか！』とか来いよ」

「無理言わないでくださいよ。二回目じゃないですか。それで？」

「とりあえず——そうだな。俺の掛かってる柱から左斜め前の棚の、箱型蓄音機とラッパの奥に組紐が束ねてあるだろ」

「組紐ですか？　確かにありますけど」

槌鞍の言った場所に目をやると、太さ一センチほどの薄い灰色の組紐が束ねられていた。これも妖具なのだろう、値札は付いてない。単なる古い紐にしか見えないその束を、汀一がそっと持ち上げ、「これが一体……」と槌鞍に聞こうとした、その矢先。

「え？　ちょ、わっ――」

　束ねられていた紐が蛇のように勝手に動き、汀一の体に飛びついた。もがくより早く紐は汀一の体に巻き付き、縛り上げてしまう。両手は体の真横に、脚はまっすぐ伸ばした直立姿勢でぐるぐる巻きに縛られた汀一は、あっけなくバランスを崩して床に転がった。

「ふぎゃっ！」

　手足の自由が奪われているので受け身が取れない。後頭部がコンクリートの床に打ち付けられ、短い悲鳴が店内に響く。その声をどこか遠くに聞きながら、汀一は意識が朦朧としていくのを感じ……。

＊　＊　＊

「そうだ思い出した！　おれ、槌鞍さんに騙されて――」

「おー、起きたか少年。いきなり静かになるからハラハラしたぞ」

　汀一がここに至る経緯を思い出して叫んだ直後、あっけらかんとした声が店内に響いた。槌鞍である。全くハラハラしていなさそうな口調に呆れながら、汀一は体をよじって槌鞍を見上げた。がっちり縛られてしまったので、自由になるのは首から上と手首から先だけだ。床に横たわった汀一は、体をよじって槌鞍を見上げた。

「おれ、どれくらい気絶してました？」

「どれくらいも何も、ほんの一瞬だよ。軽い脳震盪《のうしんとう》だろうな。もっと鍛えとけ」

「後頭部をどう鍛えろって言うんですか……。と言うか槌鞍さん、これ、どういうことです？　なんでいきなり縛られたんです？」

「それはなあ、長野は諏訪《すわ》に伝わる妖怪・雪降り婆《ばばあ》の使ってた紐なんだ。雪降り婆ってのは、その名前通り雪の降る夜に現れる婆で、出会った相手をその手に持った紐でぐるぐる巻きに縛ってしまう妖怪よ。婆の使ってた紐にいつしか妖力が宿ってだな、ひとたび人の手が触れると目覚め、自動的に手近な相手を縛り上げてしまうようになったわけだよ」

「そうなんですね――って聞きたいのはこの紐の説明じゃなくて！　どうして」

「どうしてこんなもんを手に取らせたのか、ってか？　決まってるだろ。人をリサイクルショップに売り飛ばすとか言うからだ。反省しやがれバーカ」

　柱にぶら下がったまま勝ち誇る槌鞍である。大人げなさに汀一は心底呆れたが、ここで反論しても仕方ないだろ、と自制した。これ以上槌鞍を怒らせるわけにはいかない。

「すみません、反省します！　と言うか反省しました！　だから助けてください」

「軽いなあ。だがまあ少年の気持ちは分かった分かった。助けりゃいいんだな。――その願い、叶えよう」

槌鞍がおごそかにビカビカ光る。「それはもういいですから！」と汀一は叫んだ。

「早くなんとかしてくださいよ！　お客さん来たらどうするんですか」

「そう焦るなよ。いいか、妖具には妖具だ。起き上がれなくても、棚の一番下の段の、揃いの皿の隣にある鉈には手が届くだろ？　そいつを使って切りゃあいい」

「鉈……？　あ、これですか」

槌鞍の指示したところには、確かに、刃渡り二十センチほどの武骨な刃物が転がしてあった。汀一は縛られたままどうにかそれを手に取り、自分の体を傷つけないよう注意しながら、脛《すね》を縛る紐の隙間に刃を差し込んだ。刃先を紐に当てて手首を引けば、スパン！と太い竹を叩き割ったような派手な音が轟いた。

「うわっびっくりした！　ってか、あれ……？　紐が切れてない……？」

「いかにも。それこそは京都の亀岡《かめおか》の山中に出るという妖怪・竹切狸《たけきりだぬき》の使っていた鉈である。竹切狸は、山中で竹を切る音がするが、そこに行ってみると竹は倒れていない……という不思議な現象を為す妖怪で、その鉈は、何を切ろうとしても派手な音を響かせるばかりで絶対に切断できないという。どうだ？　不思議だろ？」

「不思議ですけどなんで今それを使わせたんですか！」

「面白いからに決まってるじゃねえか。いやー、見事な藻掻《もが》きっぷりだよ少年！　いいもの見せてもらったら、ちょっと眠くなってきたなあ」

満足そうに笑った後、槌鞍は大きなあくびを漏らした。口も舌も声帯もないのにどこからどう声を出しているのか、ふわあああ、と響くその音に、汀一は槌鞍が「普段は寝ている」と語ったことを思い出し、青ざめた。

「槌鞍さん？　寝ちゃ駄目ですよ！　せめてこれをなんとかしてから……」

「気持ちは分かるけど、そろそろ限界だわ。次に目覚めた時にまた会おう、少年よ」

「ちょっと！　寝ちゃ駄目です！」

「その願いは、叶えられぬ——。じゃあ、お休み」

おごそかな言葉と適当な挨拶を残し、そして槌鞍は沈黙してしまった。

焦った汀一は「起きろ」「お願いします」などと散々呼び掛けてみたものの、応じる気配はまるでない。どうやら完全に眠ってしまったようだ。依然として床に転がったまま、汀一は「ああ」と呻き、困った。

身動きが取れないまま放置されるのも辛いが、それ以上に怖いのが客が来てしまうパターンだ。誰もいない店内で高校生のバイトがぐるぐる巻きになって転がっているというシチュエーションは大変危ない。自分が目撃者だったら絶対に警察を呼ぶ状況だ。

「自分でやったってことにする……？　いや、無理だよな、こんな縛り方……」

激しく転がると棚や商品にぶつかって壊してしまいかねないので、控えめに左右に揺れながら、汀一はぶつぶつと考えた。スマホか電話で助けを呼びたいが、カウンターまでどうにか移動できたとしても、手が体の左右にしっかり固定されてしまっているので上手く操作できるとは思えない。思いっきり大声を出すなり、壁にぶつかるなりすれば、右隣のカフェに異変を伝えることはできるはずではあるけれど……。

「それもなあ……」

カフェと古道具屋を仕切る板壁を見上げて汀一は溜息を吐いた。騒ぎを聞いて来てくれるのが瀬戸さんならまだいいが、問題は亜香里が来た場合である。好意を抱いている異性にこんな姿は見られたくないし、何より、この紐が亜香里に巻き付いたら大変だ。その事態だけは絶対に避けたい。だとしたら……。

などと悶々と思案した挙句、やっぱり自分でどうにかするしかないか、と汀一が結論付けた、その時だった。

無慈悲にも格子戸がガラガラと開き、足音が二組、店内に入ってきたのである。転がった汀一からは客の顔は見えない。床の上でもがきながら汀一は叫んだ。

「あーっ！　違うんですこれはそういう事件とかじゃないので通報はしないで大丈夫ですから！　どうしてこんなことになってるのかは上手く説明できないんですが、ええと、ハサミとかカッター持ってないですか？」

「落ち着け汀一。僕だ」

心底呆れて冷え切った、そしてよく聞き慣れた声が汀一の頭上から投げかけられる。汀一が声の方向をどうにか見上げると、長い髪を片目に掛けた長身の少年と目が合った。色白で端正で鼻筋の通ったその顔を見るなり、汀一は反射的に相手の名を呼んでいた。

「時雨……！　助かった！　いいところに！　ほんとにいいところに来てくれた！」

「分かったから落ち着け。うるさい」

「はい……。でもこれだけは言っておきたいんだけど、こうなった理由は不可抗力で」

「事情もおおむね見当は付く。雪降り婆の紐に触れたな」

汀一の弁解に重たく響く声が重なった。蒼十郎である。頼り甲斐の感じられるその声に、汀一は思わず黙り込み、そうです、と小声でうなずいた。

「うっかり触っちゃったらこんなことになりまして……」

「少し待て」

そう言うと、蒼十郎は汀一の傍に屈み込み、ごにょごにょとなんらかの呪文のようなものを唱えながら紐を手際よく解いてくれた。ようやく自由になった汀一が起き上がっていきさつを話すと、蒼十郎は時雨と顔を見合わせ、なるほど、と得心した。

「槌鞍さんが起きたのか。彼は最近ずっと寝ていたので、君に説明も紹介もしていなかったが……。彼は人をからかうのが好きなんだ」

「それは身に染《し》みて分かりました」

そう言って溜息を落とした後、汀一は蒼十郎の手元の紐に目をやった。触れた相手を縛り上げてしまう妖具は、蒼十郎の先ほどの呪文の効果なのか、動く気配も見せず、ぐったりと束ねられている。普通の古い組紐にしか見えないそれを一瞥し、汀一は「すごく今更ですけど」と蒼十郎を見上げた。この半袖作務衣の職人は時雨よりなお背が高いので、小柄な汀一が話そうとするとかなり顔を上げることになる。

「今更ですけど、野鎌とか雪降り婆の紐とか、どうしてこんな危ない道具を店頭に並べておくんですす……？　処分しちゃダメなんですか？」

「おい汀一。君は何を——」

「いい、時雨。彼の疑問はもっともだ」

口を挟もうとした時雨を蒼十郎が穏やかに制する。赤い手ぬぐいを頭に巻いた職人であり、北海道に伝わる河童型妖怪ミンツチでもある男は、彫りの深い顔で店内を見回した。

「道具にとって、店頭に並んでいるということはつまり、『まだ使われる可能性がある』という意味を持つ。この店のこの売り場に並んでいる限り、これらは——彼らは現役でいられるんだ。そして、現役であるというのは、道具にとって最も居心地のいい状態だから」

「居心地のいい……？　そういうものなんですか」

「ああ。君のような人間には実感しづらいだろうがな。そうでなければ、槌鞍さんがここにぶら下がり続けるはずもない。そして、そんな快適で落ち着く環境であるがゆえに、荒ぶった妖具を鎮めることもできる。大きなものや店頭に出せないものは奥の倉庫に仕舞っているが、できれば全てここに並べておきたいんだ」

落ち着いた口調で蒼十郎が言葉を重ね、隣の時雨が「その通り」と言いたげに何度もうなずく。その様子に薄い微笑を向けながら、蒼十郎はさらに続ける。

「人の身の安全のみを思うなら、葛城君の言うように、危険な妖具や妖怪は処分してしまうべきだろう。それは決して不可能ではない。ここには武器に転用できる妖具も多いし、元を辿れば俺は戦うために作られた人形だ。方法はいくらでもあるし……実際、どうしようもないと判断した時は、やむを得ず手を下したこともある」

「そうなんですか？　手を下す、と言うのは、つまり――」

「退治。殺害。処分。どう呼んでも構わない。要するに、そう簡単に復活できないようにしてしまう、ということだ。最後に手を下したのは、もう十年近く前……。時雨が小学校に上がる前の話だ。相手は妖具ではなく妖怪で、どうしようもなく危険なやつだった。知略に長け、隠れるのが上手く、徒《いたずら》に他者を死に追いやることが好きで、それだけのために生きているという……」

「それは……なんと言うか、たちが悪いですね。ものすごく」

素直な感想が汀一の口から漏れる。その妖怪には悪いが、退治しておいてくれて助かったと汀一は思った。しかし蒼十郎はその功績を誇ることはなく、ああ、と力なくうなずき、申し訳なさそうに言葉を重ねた。

「だから、他に手がなかったと理解してもいるが……だが、やはり、そのことへの後悔の念は、ずっと胸に残っており、消えることはない」

　そう言って蒼十郎は深く目を伏せ、少し黙った。手に掛けてしまった相手を深く悼んでいることは、汀一にもすぐ分かった。時雨と揃って黙って見守っていると、程なくして祈りを終えた蒼十郎が顔を上げ、売り場を見回しながら続ける。

「俺は、できることなら誰も――何も、手に掛けたくはないし、壊したくない。ここに並んでいる野鎌や雪降り婆の紐も、危険ではあるが、等しく道具だ。すなわち、俺や大将、時雨や亜香里の同類であり、同族だ。であればこそ、彼らを無下に扱いたくはない……。そう思っているからこそ、そして、何かを生み出すものへの敬意を表すためにも、彼らには、ここでこうやって休んでもらっているんだ」

「何かを生み出すもの、というのは、道具のことですよね」

「ああ。加工、収納、調理……あるいは雨を防いだり、夜道を照らしたり、呪《まじな》いに使ったりと用途は様々だが、あらゆる道具は何かを――大きく括るなら、豊かな生活を生み出すためのものだろう？　武器は壊すが、道具は生む。だからこそ道具には意味があるし価値がある。俺を招いてくれた大将のポリシーで……今は俺の考えでもある」

　もの言わぬ古道具たちが並んだ店内の中で、蒼十郎が静かに語る。しみじみとした重みのあるその言葉に、そして「全くもってその通りです」と言いたそうな顔で何度もうなずく時雨の態度に、汀一はなるほどなあと納得した。

「そういうことなんですね……。よく分かりました。さっきのごにょごにょは妖具が暴れないようにするための呪文ですか？」

「そうだ。妖具もだが、ここでは妖具の出す妖気に反応してただの古い道具が動き出すこともある。持ち込む道具には呪いを掛けておかないと、気が付かないうちに少し移動したりするからな」

「へー。そんなこともあるんですね……。だから北四方木さんの力で抑えていると」

「いや、ミンツチにそんな力はないが？　これは生来の能力ではなく後天的に獲得した技術だ。だからコツさえつかめば誰でも使える。なあ」

「ええ。僕も一応使えることは使えますし。と言っても、蒼十郎さんと比べると全然ですし、たまに失敗することもありますが……」

蒼十郎に話を振られた時雨が、照れ臭そうに、かつ、どこか誇らしげに応じる。汀一は素直に感心したが、直後、あることに思い当たり「ちょっと待った」と声を発した。

「北四方木さん、今、古い道具が勝手に動いたりするって言いましたよね。で、時雨はそれを抑える術をたまに失敗するって言った。そうだよね時雨？」

「言ったが、それがどうかしたのか？」

「おれがここに初めて来た日の、お店の前で壺を蹴って割っちゃっただろ。あの壺、最初はあんなところになかった気がしてたんだよ。ずっとおれの勘違いだと思ってたけど……北四方木さん、変なこと聞きますが、あの壺に術を掛けたのって」

「ああ。あれは確か時雨が」

「え？　あっ」

　蒼十郎に視線を向けられ、長身の少年ははっと短く息を呑んだ。その反応を見た汀一がすかさず時雨に向き直る。

「今『あっ』て言ったな時雨？　それってもしかして、術がちゃんと掛かってなくて、壺がちょっと動いていつの間にかおれの後ろに来てたかもってこと？」

「そ……そういう可能性も、あるかもしれない……」

「じゃあおれがここでバイトすることになったのも」

「……元はと言えば、僕のせいかもしれない……。す、すまない汀い」

「え？　あ、いやいやいや謝らなくていいから！　ほんとに！」

　気まずそうな顔で頭を下げようとする友人を、汀一は慌てて制していた。そのリアクションが予想外だったのだろう、きょとんと顔を上げる時雨を見上げ、汀一は「責めるつもりはないからね？」と念を押した。

「ただ確認したかっただけだから。きっかけがなんであれ、バイトが辛いわけでもないし、暇だけど割と楽しいし、むしろこっちこそありがとうって感じだから」

「そ、そうなのか……？　絶対に礼を言われる筋合いではないと思うが……だったら……ええと……どういたしまして……？」

「いえいえ、こちらこそ」

拍子抜けしつつ戸惑う時雨に汀一が苦笑を返す。二人の少年の気の抜けたやりとりを、蒼十郎は目を細めてどこかまぶしげに眺めていた。


その後、汀一は二人が引き取ってきた仏壇を時雨や蒼十郎と一緒に店の奥の工房まで運んだ。蒼十郎が軽トラを車庫に戻しに行き、店内には汀一と時雨が残される。カウンターの内側に腰かけた汀一は、借りたタオルで汗を拭っていたが、ふと思い出したように顔を上げ、ペットボトルのミネラルウォーターを飲んでいた時雨に声を掛けた。

「そうだ時雨。さっきはごめん」

「何？　出し抜けにどうした」

「ほら、おれ、出かける前にさ、『刀とか置けばいいのに』とか言っちゃっただろ？　さっきの北四方木さんの『武器は壊すけど道具は生む』って話を聞いて、無神経なこと言っちゃったなと思って……」

「なんだと思えばその話か。別にわざわざ蒸し返して謝らなくてもいいだろうに」

「言っておかないとすっきりしないもんで……。でも、さっきの話のおかげで、ここのポリシーとかよく分かったよ」

「そうか？　人間と妖怪は感覚が違う。無理に共感する必要はないぞ」

「無理なんかしてないよ。あと、時雨が北四方木さん尊敬してるのも改めて分かった」

「そ、そうか……？」

「まあね。あの人の話を聞いてるときの時雨、目がキラキラしてるから」

カウンターに肘を突き、汀一は友人に笑いかける。ペットボトルを手にして立っていた時雨は、顔を赤らめて「それは――」と言い返しかけたが、汀一の言葉を否定できないと気付いたのか、あるいは否定したくないと思ったのか、ややあって小さくうなずいた。

「……あの人は、立派な人だからな。職人としての腕もだが、考え方や姿勢も充分尊敬に値する人物であり、妖怪だ。だから、僕もできれば蒼十郎さんのように、妖具を扱える一人前の職人になれればと……」

言っているうちに恥ずかしくなったのだろう、この少年にしては珍しく熱っぽい語りは途中で途切れ、時雨は照れをごまかすようにペットボトルの水をごくごくと飲んだ。「照れなくてもいいのに」と汀一が笑う。

「おれは時雨は偉いと思うよ。おれと同じ学年なのに、尊敬する人がちゃんといて、どうなりたいかって夢もあって、努力もしてて……。その点、おれなんか全然だからさ」

だから尊敬するよ。顔を見つめてそう言い足せば、時雨は面食らったようにきょとんと瞬き、視線を逸らして「君は気楽だな」と苦笑した。

おなじ城下、小姓町の中ほどに、槌子坂《つちのこざか》といへる、なだらかなるあやしき径《みち》あり。草しげく溢水流れて、昼もなにとやらんものきみあしきところなり。毎《こと》に小雨ふる夜半など、たま〳〵不敵の人かよふに、ころ〳〵と転《ころがり》ありく物あり。よく〳〵見れば、搗臼《つきうす》ほどの横槌あり。たゞ真黒なるものにして、あなたこなたとめぐり〳〵て、既に消《きえ》なんとするとき、呵々《かか》と二声ばかりわらひて、雷のひゞきをなし、はつと光りうせぬ。此怪を見たるもの、古より幾人もありて、二三日毒気にあたり病《やまい》ぬ。故に槌子坂とよびて、夜はおのづからゆきかひも薄らぎたり。

（「北国巡杖記」より）

第四話　狐の嫁入りの後で

　ある土曜の朝、開店前の蔵借堂。汀一と時雨が売り場の掃除に取り掛かろうとしていると、格子戸が開き、前掛け姿の瀬戸が饅頭《まんじゅう》の箱を持って現れた。

「ただいまー。いやあ、傘を持って出た時に限って降らないんだから参るよねえ。せっかくの週末なんだから天気がいいのはありがたいけど……。というわけで、はい、時雨くん。葛城くんも」

　いつも通りの気さくな口調で、瀬戸がビニールに包まれた小ぶりな白い饅頭を差し出す。時雨に続いてそれを受け取った汀一は、「ありがとうございます」とひとまず頭を下げた上で、軽く首を傾げて尋ねた。

「どこかのお土産ですか？　それとも何かのお祝い？」

「はい？　いや、今日から七月だから――って、そうか。葛城くんは知らないか。江戸時代に金沢を治めていた加賀藩《かがはん》は、冬の間に雪を『氷室《ひむろ》』という倉庫に保管しておいて、これを夏場に江戸に献上していたんだね。この倉庫を開けるのが七月一日で、開けた時には『氷がちゃんと届きますように』と祈願することになっていた。この古事に因んで、夏場の健康を祈って饅頭を」

「要するに金沢では七月一日に饅頭を配ったり贈り合ったりするならわしがあるんだ」

長々とした瀬戸の解説を時雨がかいつまんだ。そういうこと、と瀬戸が苦笑する。

「葛城くんのお家では出なかったかい？」

「そう言えば、今朝、祖母ちゃんが和菓子屋さんに行く用事があるとか言ってました。これ、決まったお店で買うものなんですか？」

「いや、饅頭であればどこのでもいいから、ご贔屓《ひいき》のお店は人それぞれ、家それぞれだよ。それじゃあ僕はカフェの仕込みがあるから、こっちはよろしく」

敬礼のようなポーズを取った瀬戸が、上がりかまちから店の奥へと去っていく。その背中を見送った後、汀一は手の中の饅頭を改めて眺めた。

「金沢って変わった風習があるんだね」

「変わった？　引っ越してきたばかりの汀一がそう感じるのは当然だが、正直、僕にはピンと来ない話だな。僕はずっと……ああいや、ずっとではないか。小さい頃からここで育ったから」

饅頭をカウンターに置いた時雨が雑巾《ぞうきん》を手に取りながら応じる。売り場を掃除する時は、背が高く手足も長い時雨が棚や陳列台を担当し、小柄な汀一は箒《ほうき》という役割分担がしばらく前からできていた。使い古された箒を手にした汀一が「ああ」と相槌を打つ。

「時雨、ここ出身じゃないんだもんね」

「ああ。山形の山中の廃寺が僕の故郷だ」

「だよね。もうすぐ夏休みだけど、帰省したりしないの？」

「帰省……？」

汀一が何気なく発した問いに、木槌を拭いていた時雨の手がふと止まる。時雨はそのまま一秒ほど思案したが、すぐに「ないな」と軽く首を横に振り、掃除を再開した。

「帰省というのは、そこに住み続けている家族なり懐かしい光景なりと親しむために行うものだろう？　僕にとってのあの廃寺は別にそういう場所じゃない」

「覚えてないってこと？」

「おぼろげな記憶はあるにはあるが、それだけだ。家族や知人がいるわけでもないし、それに、前に話したように、妖怪は認識されることで存在を保っている。あんな場所に下手に長居でもしたら、まだ年若く不安定な僕は消えてしまいかねない。僕にとって帰省は自身の消滅とイコールなんだ」

「それは……怖いね。絶対帰らない方がいいよ」

「だからそう言っているだろう。……まあ、落ち込んだりした時は、故郷に逃げ帰れと促す声が胸の内に響いたりもするが……それは逃げであり、一種の自殺だからな。そんな声に従うほど弱くはないつもりだ、僕は」

箒の柄を握り締めた汀一の弱気な声に、時雨がきっぱりと切り返す。とりあえず帰省する気はないようだ。汀一はひとまずほっと安堵し、そして横目を時雨に向けた。

「促す声が胸の内に響く」。意味は分かるけど、時雨にしては珍しく気取った言い回しである。こいつ、そんな風に話すこともあるんだな、などと思っていると、いつの間にか手が止まっていたようで、時雨の苦言が飛んできた。

「手を動かせ。もうすぐ開店だぞ」

「あ、ごめん。……まあ十時に開けたところでお客さん来るとは思わないけど……」

「聞こえているぞ」

と、汀一がぼそりと漏らした小声に時雨が反応した時だった。店の外から控えめな声が響き、ゆっくりと格子戸が引き開けられた。

「ごめんくださあい」

おっとりした口調とともに現れたのは、二十四、五歳ほどの若い女性だった。丸みを帯びた眼鏡を掛け、ゆるいウェーブの掛かったロングヘアを額の真ん中で分けて左右に流している。袖口の広がった淡い黄色のカットソー、ブラウンのフレアスカートにバッグ、首元にはシルバーのシンプルなネックレスという出で立ちで、背丈は百五十センチ弱。おとなしそうで綺麗な人だな、と思いつつ、汀一は申し訳なさそう顔を女性客に向けた。

「すみません。まだ開店前で……」

「汀一、いいんだその人は。――ご無沙汰しています、菜那子《ななこ》姉さん」

汀一の声を遮りながら時雨が前に歩み出る。時雨の丁寧な一礼を受け、「菜那子姉さん」と呼ばれた女性は親しみの籠もった微笑を浮かべて挨拶を返した。

「ええ、お久しぶり、時雨くん。相変わらず礼儀正しくて、相変わらず大きいわねえ。昔はこんなに小さくて可愛かったのに」

「またその話ですか」

「ごめんなさい。はい、氷室饅頭」

「ありがとうございます。いただきます」

「どういたしまして。そちらのあなたもどうぞ」

「あ、どうも……。ありがとうございます。それで、えーと……」

女性がバッグから取り出した饅頭を受け取りながら――さきほど瀬戸からもらったものは白かったが、これは草色だった――汀一はおずおず菜那子を見返し、次いで時雨に目を向けた。

お前の知り合いなのは分かったけど、このおっとりしたお姉さんは何者だ。そう目で尋ねてみると、菜那子も同じく「この子は誰？」と言いたげな視線を時雨に向けた。二人に同時に見つめられた時雨がうなずき、口を開く。

「汀一、こちらは七窪《ななくぼ》菜那子さん。僕がまだ小さかった頃からよく面倒を見てくれていた、姉のような人だ。姉さん、彼は葛城汀一。僕のクラスメートで、先月からここでバイトをしていています」

「じゃあ私の後輩さんね。私も学生の頃はこのお店でアルバイトしていたから」

「そうなんですね。葛城汀一です、初めまして」

「こちらこそ初めまして。七窪菜那子です。今は事務員をしています」

頭を下げる汀一に菜那子は穏やかな笑みで応じたが、直後、眼鏡の奥の目を瞬いた。同時に、形良く尖った小さな鼻がひくひくと動く。初対面の女性に匂いを嗅がれ、汀一が面食らったのは言うまでもない。

「な、何です？」

「葛城汀一くん。あなた、人間……？」

「え、ええ……。ってか、その質問をされるってことは、七窪さんは……やっぱり？」

そう汀一が問い返すと、菜那子は穏やかにうなずき、両耳の先端をぴんと尖らせてつつましやかに笑った。

「妖怪です」

「いいですねその袖。すごい可愛い」

「ありがとう亜香里ちゃん。ちょっと恥ずかしかったんだけど、そう言ってくれると嬉しいわ」

「恥ずかしがるような服じゃなくないですか？　てか菜那子さんならもっと大人っぽくてセクシーな感じでも全然いいのに」

「だから、私地味だし……」

「ほら出た控えめなやつ！　菜那子さん可愛いからね？」

菜那子とともに移動した隣のカフェ「つくも」の店内にて。亜香里と菜那子が姉妹のように親しげに言葉を交わす様子を、同じテーブルに着いた汀一は尊い光景を見るような目で眺めていた。

妖怪の知り合い同士の席に自分が入っていいのだろうか、まあ駄目だったら誰かが言うよな、それはそれとして七窪さんと笑い合う亜香里はいつにもまして可愛い……。

とかなんとか、そんなことを思いながらニマニマと笑みを浮かべる汀一に、隣の席の時雨は露骨に呆れ、テーブルの上のコーヒーカップの一つを取って口を付けた。「蒼十郎は朝から出かけていてねえ」とカウンターの中から声を掛けたのは、カップを拭いていた瀬戸である。それを聞いた菜那子が顔を上げた。

「今もお忙しいんですね、蒼十郎さん」

「うちがなんとか古道具屋の看板下ろさないでいられるのは彼のおかげだからねえ。それで、今日はどうしたんだい？」

「ええ。ほら、私もうすぐ結婚するでしょう？」

菜那子がテーブルを見回して答えたが、「でしょう？」と言われても汀一にとっては初耳だ。「そうなの？」と時雨や亜香里に視線を向けると、亜香里が「そうなの」とうなずき、説明してくれた。

菜那子には大学時代から付き合っている恋人がおり、来週に結婚式を挙げる予定なのだそうだ。相手の男性は山陰の出身で、大学入学を機に金沢に住むようになり、大学を出た後は市内の塾で講師をしている。菜那子は今は実家暮らしだが、結婚式の後、二人で新居のマンションへ入る予定なのだ……と亜香里は語った。

「相手の男の人は人間なんだよね。いやあ、いいよねえ、種族を超えた恋！　ロマンティックだよねえ」

うっとりした顔の瀬戸がしみじみとコメントを口にする。なるほど、妖怪が人間と結ばれることもあるわけか。そのことにまず汀一は驚き、亜香里や瀬戸がやたら事情に詳しいことにも少し驚いた。なのでその思いを素直に口にしたところ、苦笑しながら答えたのは菜那子だった。

「そんな大きな街じゃないし、妖怪の数もそんな多くないから。どうしたってお互いの事情には詳しくなっちゃうものなのよ」

「なるほど……。あ、そうだ。おめでとうございます」

「ありがと。汀一くんも式に招待できれば良かったんだけれど、今からだと難しくて」

「え？　いや、いいですよそんな。おれ関係者でもないですし」

「だって時雨くんのお友達でしょう？　来てほしかったなあ」

「それより、菜那子姉さんは結局何をしに来られたんです」

汀一と菜那子のやりとりに時雨がぼそりと口を挟む。それを聞いた菜那子ははっと目を丸くした後、恥ずかしそうに苦笑いして話題を戻した。

「圭太《けいた》くんの……あっ、私の彼氏、結城《ゆうき》圭太って言うんだけど、今日、彼のご両親が金沢に遊びに来るのよ。式の前に一度来たいって言ってたんだけどね、なかなか日が合わなくて」

「へー。じゃあ菜那子さんが案内するんだ」

「亜香里ちゃんの言う通り。今から駅に迎えに行くところで、その前に少し時間があるから寄ってみたの。職場が郊外になったから、最近こっちに来られていなかったし」

「なるほどねえ。しかし案内役とは責任重大だ。結城さんのご両親はこっちに何泊されるんだい？」

「今夜は市内のホテルに泊まって、明日は夫婦で加賀の温泉に行かれるそうだから、私が案内するのは今日だけね。一日で案内できるよう、コースもちゃんと考えてきたのよ」

「菜那子さんが？　大丈夫？」

「亜香里、その言い方は失礼だぞ」

胸を張る菜那子に亜香里が笑いかけ、それを時雨が咎《とが》める。付き合いの長さを感じさせる気のおけないやりとりを、汀一は微笑ましく思いながら――そして、菜那子の座る椅子のあたりにちらちらと目をやりながら――眺めていた。

と、その視線が気になったのか、あるいは会話に入れていない人間の少年への気遣いか、菜那子が汀一にかしこまった笑顔を向けた。

「何かご質問かしら、汀一くん？」

「え？　いや、別に何も……ってことはないか。七窪さんも、時雨たちみたいな器物の妖怪なんですか？」

「確かにそれは気になるわよね、私は器物系じゃないんだけれど……なんだと思う？」

楽しそうに微笑みながら菜那子が問う。「わたしも同じこと汀一に聞いた」と亜香里が苦笑するのを見ながら、汀一は菜那子に向き直り、ぼそりと声を発した。

「……もしかして」

「うんうん。当たらなくてもいいから言ってみて」

「狐ですか？」

「そうだよね、当たるはずも――え？」

「汀一、すごいね！　正解だよ」

「なぜ姉さんの本性を知っていたんだ？」

きょとんと驚く菜那子の左右で亜香里と時雨が目を丸くする。あー、やっぱりか。汀一は「知ってたわけじゃないよ」と頬を掻き、菜那子の座る椅子を……正確には、フレアスカートの裾から覗いている、黄色くてふさふさした尻尾《しっぽ》を指さした。

「……さっきから狐っぽい尻尾が見えてるから、そうかなって思って」

「尻尾って……あらやだ！」

指摘された菜那子がかあっと顔を赤くする。「いつから出てたの？」と問われ、汀一は「結構前から」と即答した。

「彼氏さんのご両親の話のあたりにはもう完全に出てました」

「そ、そうなの？　全然気づいてなかった……」

「待て。ということはだ汀一、君はずっと菜那子姉さんのスカートを凝視《ぎょうし》していたのか？　ふしだらな！」

「言い方！　別に凝視はしてないし、ちらちら見えたら気になるだろ」

時雨に咎められた汀一が慌てて反論する。その間に菜那子は「ぬっ」と念じて尻尾を消し、赤い顔のまま溜息を吐いた。

「みっともないところを見せちゃったわね……」

「い、いえ、お気遣いなく……？　てか、七窪さん、やっぱり狐なんですね」

「ええ。一応地元の妖怪なのよ。金沢の北、宇《う》ノ気《け》の七窪というところには、昔から化け狐の一族が住んでいたの。中でも、黄藏主《おうぞうしゅ》という狐は変化と幻術の名人としてその名を広く知られていて、私はその子孫なのね。ご先祖様譲りの力があるから人に化けるのは得意なはずなんだけど……と言うか、それしかできないのだけど……尻尾を出してしまうなんてね。思っていた以上に緊張しているみたい」

「緊張って、今日の金沢案内で？　向こうのご両親ってそんな怖いの？　それとも、今日初めて会うとか」

　恥ずかしげに顔を伏せる菜那子に亜香里が不安そうな顔で尋ねる。と、菜那子は困ったような笑みを浮かべ、「どっちもいいえ」と首を横に振った。

「お父様もお母様も、圭太くんに似て真面目な方よ。怖いなんてことはないし、会ったことも何度かあるけれど……でも今日は、私が自分の育った土地を紹介するわけでしょう？　ちゃんと素敵な街だって思ってもらえるか不安なの。プレッシャーに弱いから……」

　菜那子が再度溜息を落とすと、時雨と亜香里、さらにカウンターの中の瀬戸までもが無言で深くうなずいた。菜那子が緊張しやすいのは周知の事実であるようだ。

　フォローしたいと汀一は思ったが、初対面で年下で種族も違う自分が「たぶん大丈夫ですよ」とか適当に言ったところでなんの慰めにもならない。不安な空気が漂い始める中、汀一はとりあえず話題を変えようと口を開いた。

「あの、ええと……そうだ！　駅での待ち合わせって何時なんですか？」

「ご両親は十時五十分に金沢駅に……えっ、もうこんな時間？　みんなごめんなさい、私もう行かないと」

何気なく壁の時計を見た菜那子が慌てて立ち上がる。バッグを手にして駆け出そうとするその背中に向かって、時雨が呼びかけた。

「菜那子姉さん、尻尾が出ています」

「えっ？　あら大変！　えい！　……消えた？」

「ええ」

「うん」

「消えてます」

「良かった……。じゃあ失礼しました。お店頑張ってね」

きまりの悪い苦笑いを残し、菜那子はカフェを後にした。慌ただしい足音が遠ざかるのを聞きながら、カフェに残った一同はお互いに顔を見合わせた。真っ先に口を開いたのは亜香里だった。

「菜那子さん、相変わらずだねー。面白い人だったでしょ、汀一」

「うん。てか、前からああいう人なんだ」

「そうなんだよねえ。真面目な子ではあるんだけど、どこか天然で危なっかしいと言うか、心配させると言うか……。でもまあ、今までもなんとかなってきたわけだし、なんとかなるでしょ。さて、うちも開店準備だ」

瀬戸が手を叩いて話題を切り替え、亜香里が「了解！」と立ち上がる。それを見て汀一も席を立った。蔵借堂の本来の開店時間である午前十時はとうに過ぎている。

「時雨、おれたちも行こうか。もうこんな時間だし。まあ、お客さんが来てたらこっちを覗いたり呼んだりするだろうから、どうせ誰も来てないんだろうけど……って、時雨？」

「えっ？　ああ、汀一か。そうだな」

反応が返ってこないことに訝った汀一が重ねて呼びかけると、時雨ははっと顔を上げ、慌てて椅子から立ち上がった。

元々色白な肌はなぜか蒼白になっており、汀一の言葉も耳に入っていなかったようだ。どうかしたのだろうか、と汀一が首を傾げると、時雨は「こっちへ」と汀一を店の外に誘い出した。あたりを見回して誰もいないことを確認した上で、汀一に真剣な顔を向け、その両肩に手を置く。いきなり肩を摑まれた汀一は当然面食らった。

「え？　な、何？　どうせ客が来てないって言ったから怒ってるの？　なら謝るけど」

「違う。君に――葛城汀一に、頼みがある」

「頼み……？」

「ああ。たっての頼みだ。だがここでは話せない。手近な場所……そうだな、あかり坂の上で待っていてくれ。いいな」

「はい？　いや、いいも何も、お店はどうするの？」

「僕もすぐ行く」

汀一の問いには答えないまま、時雨は足早に蔵借堂の中へと消えてしまった。取り残された汀一は困惑したまま首を傾げ、「お店は……？」と再び尋ねたが、それに答える者は誰もいなかった。


「あかり坂」とは、尾張町から主計町に通じる細い坂道と石段に付けられた名称である。すぐ近くにある「暗がり坂」と対照的になるように金沢好きの小説家が名付けたものだが、その名前の与えるイメージに反し、暗がり坂より狭く、日当たりも悪く、人通りも多くない。茶屋町が営業していない日中はなおのことだ。

そんなひっそりと静かな石段の上で、汀一が言われた通りに待っていると、程なくして詰襟シャツの長身の少年が石段を駆け上がってきた。時雨である。

「待たせた」

「そんな待ってないよ。それよりお店は？」

「急用で汀一と一緒に出掛けると書き置きしてきた」

「書き置きって、誰もいないよね？　無人になるなら瀬戸さんに言わないと」

「大丈夫だ。もうすぐ蒼十郎さんが戻ってくるし、どうせ客は来ない」

「それを時雨が言うんだ……」

「君もそう思っているだろう」

「思ってなくはないけど……で、それは？」

　苦笑いで語尾を濁した後、汀一は時雨の提げているものに——大きな風呂敷包みに目をやった。バランスボールでも入っていそうなビッグサイズで、蔵借堂から持ってきたものなのだろうが、完全に風呂敷でくるまれているので中は見えない。だが時雨は、興味と不信感と困惑の入り混じった顔を向けられたにもかかわらず、またも汀一の質問を無視して
「聞いてくれ」と口を開いた。

「菜那子姉さんは恩人だ。小さい頃から僕にとっては」

「その話はさっき聞いたよ。付き合いの長い、実のお姉さんみたいな人なんだよね？　でも、それが……？」

　時雨の言葉を先取りした汀一が首を傾げて問いかける。と、時雨は少し言い淀み、口早に言葉を重ねた。

「恩人には幸せになってほしいんだ。姉さんの婚約者の結城圭太さんには僕も会ったことがある。実直そうで誠実そうな、好感の持てる男性だったし、二人の仲が良いのも知っている。だが、それも菜那子姉さんが人間と思われているからだ。もしも結城さんや結城さんの両親に、姉さんが狐だと知れてしまえば、結婚はなかったことになってしまう」

「そうなの？」

「当たり前だ。人間だと思っていた相手が実は人間ではなかったら一緒にはいられない。いわゆる『鶴の恩返し』の法則だ。あの昔話は君も知っているだろう」

「ああ、『見るなと言ったのに見てしまいましたね。実は私はあなたに助けていただいた鶴だったのです。今までありがとうございました』ってやつ？　法則になってるの？」

「よく知られている話だからな。妖怪の間でも例として使われることが多く、そういう風に呼ばれている」

「へー……。いやでも、あの話って鶴が勝手に帰ったんじゃないの？　言い方悪いけどさ。それともそういうルールがあるわけ？」

「明文化された規則があるわけじゃない。だが、恋人であり婚約者である女性が実は人間ではなくて、その正体を自分に隠し続けていたと知ったら、気味悪く思うものだろう」

「それは……まあ、そうかも」

「だろう？　そして、これまでは上手く正体を隠してきたとしても、菜那子姉さんは危なっかしい人だ」

「それもなんとなく分かるけどさ。結局何が言いたいわけ？」

一旦うなずいて同意を示した上で、汀一は時雨を見上げて眉をひそめた。普段は話をばっさり終わらせがちな時雨が、こんなにも結論を先延ばしにするのは珍しい。

見据えられた時雨は、話が回りくどくなっているのに気付いたのか顔を赤らめ、「これを使う」と手にした包みを開いた。中から現れたのは、藁を編んで作った分厚いマントのような代物である。大人サイズのそれを前に、汀一は怪訝な顔で首を捻った。

「何これ」

「蓑《みの》だ。正確に言うと『天狗の隠れ蓑』だ」

「天狗の……？　天狗ってのは、あの天狗？　鼻の長いやつ？」

「そうだ。山中の人型の怪異の代表格で、北陸にも多く伝承を残している。蛤坂《はまぐりざか》の妙慶寺《みようけいじ》に直筆の額を残すなど、金沢では広く知られ、親しまれている妖怪の一つだ」

「金沢だとお肉屋さんの名前になってたりするもんね、天狗って。看板を初めて見た時はびっくりしたよ。ってことはこれ妖具？」

「ああ。『隠れ蓑』という言葉は、現代では本音や素性を隠すものという意味で使われる一般名詞になってもいるが、その語源がこれ。羽織った者の姿を消してしまう妖具だ。工房の奥の倉庫からこっそり持ってきた」

　時雨はそう言って隠れ蓑を持ち上げ、「これを使って菜那子姉さんの後を追おうと思っている」と続けた。姿を消して尾行し、もしさっきのように尻尾が出ていたら、同行者の気を逸らしたり、菜那子にそれとなく知らせることで、菜那子の正体を隠し通したいのだという。その提案に、汀一は共感しつつ困惑した。

「うーん……。時雨の心配も分かるけど、七窪さんを勝手に追いかけるわけ？　頼まれたわけでもないのに？　せめて本人に了解を取ってから」

「菜那子姉さんに言ったら絶対に余計なお世話だと言って止める。そのくせ絶対に尻尾は出す。あの人はそういう人だ」

力強く断言した時雨は「だから心配なんだ」と言い足した。心底不安そうなその顔を見上げながら、汀一は「なるほど」と相槌を打ち、そして考えた。

恩人の結婚を成功させたいという時雨の気持ちは理解できる。それに、二人きりのデートに付いていくとかならともかく、老夫婦と観光地を回るのを見守るだけなら、菜那子のプライバシーを侵害することにもならないだろう。だったらまあ……時雨を止める必要もないか。そう納得した上で、汀一は再び眉をひそめた。

「話は分かったけど」

「助かる！」

「いや、最後まで聞いてよ。なんでそれをおれに話すの？」

「天狗の隠れ蓑は、天狗か人間にしか使えない。唐傘の妖怪である僕が着ても効果がないんだ。だが、天狗か人間と一緒に纏えば、誰だろうと何人いようとまとめて姿を消すことができる」

「へえ……ってちょっと待った！　つまり何？　時雨と一緒にそれを被って、七窪さんを見張れってこと？　そういうこと？」

「そういうことだ。幸い君は小柄で僕は痩せている。この蓑は大きいからサイズ的には問題はないはずだ」

「そうかもしれないけど……」

「頼む！　君しか頼れる相手がいないんだ」

ためらう汀一の前で時雨がきっぱりと頭を下げる。そのストレートな懇願に、汀一は言葉に詰まった。

ここまで必死になる時雨を見るのは初めてだ。それはつまり、彼にそうさせるほどに菜那子は大事な存在だということなのだろう。

しかも、と汀一は考えた。金沢に来て以来、時雨にはバイト先でも学校でも世話になりっぱなしなわけで、そんな友人が頼んでいる以上、どう答えるべきかは決まっている。

「……ためらってごめん。分かった、手伝うよ」

「恩に着る！」

もう一度勢いよく頭を下げた後、時雨はすぐに隠れ蓑を手に取り、広げた。藁を編んだだけの道具なので内側はチクチクしているのかと思いきや、先端が飛び出さないよう丁寧に編み込まれており、ムシロか畳の表面のように滑らかだ。

「で、どう着るの？　おれが前で時雨が後ろ？　逆だと辛いんだけど」

「別に二人羽織になる必要はない。横幅はあるから、隣に並んで羽織ればいい」

「確かに」

言われた通り、汀一は蓑を広げた時雨の右隣に並んだ。身長差があるので汀一の顔のすぐ横に時雨の肩が来る。長身の同級生に自分の肩を押し付けると、体温が伝わってきて蒸し暑くなる……かと思いきや、シャツ越しに感じたのはひんやりとした涼しさ、そしてごつっとした骨の感触だった。

「意外と冷たいんだね時雨。てか痩せすぎじゃない？　肉ほとんど付いてなくない？」

「僕は傘の妖怪だからな。骨と皮でできているようなものだから肉付きが薄いんだ。無駄話はいいから手伝え。蓑のそっちの端を君の肩に掛けて……そうだ、上手いぞ。あとは前で紐を縛れば――」

「すげえ！　消えた！」

本来は首元で縛る紐を二人の中間地点あたりで縛った瞬間、汀一の視界から自分の手がふっと消失した。あたりを見回してみたが、自分の脚も体も靴も、肩越しの感触だけはしっかり伝わっている時雨も、隠れ蓑ごと綺麗さっぱり消えている。すごいすごいと興奮する汀一を、時雨のドライな声がたしなめた。

「隠れ蓑だから当然だ。行くぞ」

「了解！　って、どこへ？　七窪さん、どこを案内するとも行ってなかったけど」

「案じるな。地元民が案内しそうな場所はほぼ決まっているし、相手がお年寄りとなればさらに絞られる。兼六園だ」

「兼六園？　お城のある公園だっけ」

「金沢城は兼六園の中にはないぞ。ともかくあそこだ。間違いない」

きっぱりと言い切る時雨である。地元民にそう断言されてしまっては新参者である汀一に反論できるはずもなく、汀一は時雨に促されるまま歩き出した。

分かってはいたが、密着しながら歩くのは脚を縛っていない二人三脚をするようなものなので相当に歩きにくい。数メートル歩いただけで、汀一は早速小声を漏らしていた。

「あのさ。この隠れ蓑って、もう一個作れないの……？」

「何？」

「だからさ、妖怪でも使えるやつをオーダーメイドで作ってもらえないのかなと思って。てかそもそも、妖具って新しく作れるものなの？」

「原理的には不可能ではない。その妖具が生まれた過程を伝承通りに再現すれば、同質の妖具は作れるはずだ。だが、そうして作ったものはオリジナルと同じ特性を備えてしまうから、僕が使える隠れ蓑は作れないし、そもそも隠れ蓑は『天狗が持っていた』以上の由来が語られていない妖具だからな。生成過程が語られていない以上、再現しようもない」

「なるほど……うわっ！」

相槌を打った直後、汀一は短く叫んで身を引いた。路地を走ってきた自転車が、自分めがけて躊躇《ちゅうちょ》なく突っ込んできたのである。

「ん?」

中空から響いた少年の悲鳴に、自転車に乗っていた若者は不審そうに振り返ったが、声の主が見当たらないので首を捻って走り去った。汀一は道の端からその姿を見送り、「あのさ」と声を発した。

「今思ったんだけど……この隠れ蓑、七窪さん見つけてから着た方がよくない?」

「何?」

「だってさ、別にこれ着て街中うろうろする必要ないよね? 周りからは見えないんだから危ないし」

「——確かに!」

何も見えない虚空から時雨の息を呑む声が響く。同意は得られたようだ。というわけで手探りで紐をほどいて蓑を脱いだ後、汀一が「時雨、いつも冷静なのに今日は違うね」と苦笑すると、時雨は気恥ずかしそうに目を逸らした。

＊　＊　＊

隠れ蓑を脱いだ二人は、兼六園方面へと徒歩で急いだ。兼六園は金沢を代表する観光地だけあって、近づくにつれて観光客や観光バス、土産物屋などが増えていく。物珍しそうにあたりを見回す汀一に、風呂敷包みを提げた時雨が呆れた。

「きょろきょろするな、みっともない。ただでさえ荷物が大きいから目立っているんだぞ。初めて来たわけでもないだろうに」

「初めて来たんだよ。あれが金沢城だよね？　あっちの新しい建物は何？　美術館？」

「裁判所だ」

「なんでそんなものが観光地のど真ん中に……。で、どうやって七窪さんたち探すの？」

小高い金沢城の石川門と、坂の上にある兼六園の桂坂口《かつらざかぐち》、そしてその二つを繋いだ石川橋を見上げる位置の道端にて。歩道の脇に設置された周辺地図を前に、汀一はあたりを見回した。一帯の地図を見ると、兼六園は思った以上に広く、金沢城もそれなりに広く、しかもその周辺には美術館が三つも四つもあり、少し足を延ばせば博物館まであるのだ。

「このへんに来てたとしても、どこに行ってるか分かんないよ？　どういう順番でどこを回ってるのか」

「案じるなと言ったろう。十一時前に駅で待ち合わせたということは、十中八九、混む前の時間帯に駅か近江町市場で早めの昼食を取り、城門から金沢城を眺めた後で兼六園に入るコースに違いない。時間的にもうすぐこのあたりに来るはずだ」

「言い切ったね……」

「菜那子姉さんはベタな人だからな。兼六園を見た後は美術館を覗いて中のカフェで休憩、その後尾山神社に参詣し、近くの料亭で夕食を取るはずだ。できれば昼食を取る前から見守りたかったが——まずい！」

唐突に時雨が説明を中断し、汀一の手を摑んで手近な土産物屋の陰へ引っ張り込んだ。驚く汀一を口元に立てた人差し指で黙らせた上で、時雨は無言で通りを示す。汀一がそちらをそっと覗いてみると、眼鏡の若い女性と半袖シャツ姿の青年、それに白髪の老夫婦の四人組が歩いてくるのが見えた。眼鏡の女性は言うまでもなく菜那子である。

ってことは、いかにも実直そうなシャツの青年が結婚相手の結城圭太さんで、白髪の夫婦がそのご両親か。建物の陰に隠れながら汀一はそう判断し、時雨の推理に感心した。

「ほんとに来た……」

「だから言ったろう。よし、準備するぞ」

時雨が風呂敷包みから隠れ蓑を取り出し、二人はそれを羽織って姿を消した。二回目なのでさっきよりはスムーズだ。

「今のところは姉さんの尻尾は出ていないな。行くぞ。少し離れて後を追う。くれぐれも大きな声は出さないように」

「オッケー……」

姿の見えない時雨の小声に小声で応じ、汀一はそろそろと歩き出した。行き交う観光客にぶつからないよう注意を払いながら菜那子たちに近づくと、金沢城の城門を見上げる一行の話し声が耳に届いた。

「立派なお城ですねえ」

「あれはお城じゃなくて門だよ母さん」

「しかし確かに立派だ。もっと小さいものかと思っていましたが大きいんですな」

母親の感想を圭太が訂正し、デジカメを取り出した父親がそれを受ける。物腰の柔らかい、いかにも礼儀正しそうな一家だな、と汀一は思った。菜那子が「兼六園の入り口まで登ればもっとよく見えますよ」と促し、一同が歩き出す。

兼六園に通じる桂坂には、土産物屋や茶店、レンタル着物の店舗など、観光客向けの店がずらりと軒を連ねている。見物客で賑わう坂を、菜那子に先導された一行はゆっくりと登っていたが、圭太の父親がふと道端の「兼六園」の看板に目をやり、口を開いた。

「そう言えば、兼六園という名前にはどういう由来があるんですかな」

「六つの景観を兼ね備えているから、ですねえ」

「はあ、さすが菜那子さんは博学だ。その六つというのは具体的に何なんです？」

「……え」

老人の何気ない質問に、菜那子の顔から余裕のあった笑みが消え、眼鏡の奥の目がきょとんと大きくなった。同時に、ブラウンのフレアスカートの裾から黄色い穂先がにゅっと覗く。ああっ、と汀一は口を押さえた。

「もう出た？」

「予想外の展開に弱すぎるだろう……！　どれだけ緊張しているんだ、姉さん？　と言うか、それくらい予習しておかないと！　兼六園の六勝《ろくしょう》と言えば、宏大《こうだい》、幽邃《ゆうすい》、人力《じんりょく》、蒼古《そうこ》、水泉《すいせん》、眺望《ちょうぼう》の六つだろう……！」

「よく知ってるね……」

「小学校の頃、社会科の調べ学習で覚えさせられたからな」

「さすが地元民。てか、どうしよう？　まだ結城さんたちは気付いてないっぽいけど……そもそも、消えたまま注意を逸らすってどうやればいいの？」

「落ちつけ。無策なわけがない」

　時雨がそう言うと、通りに面した茶店の前でパラソルのように立てられていた大きな和傘がいきなり倒れた。バサッと大きな音が坂道に響き、その音に、結城一家を含めた周辺の人たちの視線が集まる。飛び出してきた店員が傘を起こそうとするのを眺めながら、汀一は抑えた声を発した。

「あれ、時雨がやったの……？」

「勿論だ。傘を自由に動かせるのは、唐傘の妖怪の数少ない能力の一つ。そして観光地では、ああいったディスプレイ用のもの以外にも、売店で売っているビニール傘や観光客の持ち歩く日傘や折り畳み傘など、傘に事欠くことはない。ちょっとした騒ぎを起こして目を引くことなら簡単だ」

「すごいね」

「褒められるようなことじゃない。それより姉さん、何をのんきに見物しているんだ……！　尻尾を早く隠さないと……！」

やきもきした声が汀一のすぐそばから響いてくる。汀一も心底同感だったが声に出して言うわけにもいかず、歯噛みしながら心の声を送っていると、その念が通じたのか、菜那子はふと思い出したようにスカートの後ろを振り返り、慌てて尻尾を消した。やれやれ。とりあえず結城一家に気付かれる前に尻尾を無事に隠せたことに、時雨と汀一は揃って胸を撫で下ろした。

「ひとまず一安心といったところか」

「だね。にしてもこれ、思ったより神経使うね……。周りの人には見えてないからみんな平気で突っ込んでくるし、気が全然抜けない」

「それがどうした」

分かり切ったことを聞くなと言いたげな声が、何も見えない中空から飛んでくる。大変そうだからやっぱりやめようとかそういう選択肢は時雨の中にはないようだったが、それはまあ汀一にとっても承知の上だ。汀一は素直に「だよね」と応じ、菜那子たちを追って歩き出した。

その後も時雨と汀一は根気よく菜那子一行を見守った。菜那子は依然緊張しているようで、おおむね四十分に一度くらいの頻度で尻尾を出したが、時雨の働きにより、結城一家にそれが気付かれることはなかった。

庭園内の茶店で同級生の美也を見つけた汀一が「鈴森さん、ここでバイトしてたんだね」と呼びかけてしまって不審がられる、野良猫にめちゃくちゃ唸られる、観光バスに轢かれかける等々、多少のトラブルはあったものの、菜那子たちは無事に兼六園、金沢城、さらには美術館や尾山神社の見物を終え、その近くにある古い料亭へと辿り着いた。一行のルートが完全に時雨の読み通りだったことに汀一は改めて驚いた。

太陽は既に沈んでおり、あたりはすっかり薄暗い。観光客の見当たらない静かな通りの一角にある町家の前で、菜那子は結城一家に振り返って微笑んだ。

「ここはお魚が美味しいんですよ。小さい頃から、お祝いがあったりお客様が来られた時はいつもこのお店だったんです。——すみませーん、予約していた七窪ですが……」

くぐり戸を開けて呼びかけながら、菜那子一行が建物の中へ消えていく。その様子を少し離れた位置から監視していると、汀一の腹がかすかに鳴った。隠れ蓑を着ているので自分の体も見えないが、五体の位置は感覚で分かる。透明な腹をTシャツの上から撫でる汀一に、すぐ隣から抑えた声が問いかけた。

「腹が減ったのか？」

「まあね。お昼も食べてないんだから当然だけど……。あのさ、時雨」

「なんだ」

「さっき結城さん、ご飯食べたらお父さんとお母さんをホテルまで送っていくって言ってたよね。ってことは、食事が終わったらここで解散だよね？　で、料亭だったら座布団に座るわけだから、尻尾が出ても気付かれないだろうし、予想外のことも起こらないだろうし、もう大丈夫なんじゃないかと思うんだけど」

「確かに、それはそうかもしれない。だが……」

　論理的な反論が思いつかなかったのだろう、時雨の言葉が途切れる。時雨の姿はもちろん見えないが、その声から、歯痒い顔をしていることは汀一には容易に想像できた。

　心配しすぎかもしれないが、ここまで来たら最後まで見届けて安心したい、ということか。その気持ちを察した汀一が、何も見えない空間に「ごめん。最後まで付き合うよ」と声を掛けると、息を呑む音が響き、ややあって微かな声がぼそりと聞こえた。

「……助かる」

「菜那子さん、今日はご案内ありがとうございました。楽しかったですよ」

「こちらこそ！　じゃあ、お気を付けて」

菜那子の笑みに愛想のいい会釈《えしゃく》を返し、結城一家の三人が料亭前に停まったタクシーに乗り込んでいく。やがてタクシーのドアが閉まり、エンジン音を発した車体が走り出す。それを見送る菜那子を、時雨と汀一は電柱の陰から見守っていた。もうあたりは真っ暗である。

金沢駅の方へ向かったタクシーが角を曲がって視界から消えると、菜那子はほっと溜息を吐いた。今日の任務はこれで終了と言いたげで、そしてそれは汀一たちにとっても同じだった。

「時雨、帰ろうか」

「そうだな」

姿を消したままの汀一のささやきに落ち着いた声で時雨が応じ、軽く肩を動かした。ほぼ半日、一つの蓑を二人で被って密着していたおかげで、どっちに進むとか曲がるとかを口に出して言わなくても、声のニュアンスと肩越しの感触だけで言いたいことはなんとなく汲み取れるようになっている。というわけで二人はそっと踵《きびす》を返し、菜那子を残して立ち去ろうとしたのだが。

「待ちなさい時雨くん」

穏やかな声が、人通りの少ない夜道に響いた。

突然菜那子に呼びかけられ、びくん！　と時雨の体が震え、固まった。汀一ももちろん同じである。え？　どういうこと？　バレていた？　どうしたらいい？　声も出せず狼狽する透明の二人の少年の背中に向かって、さらに菜那子が言葉を重ねる。

「もう一人いるわよね。この匂いは妖怪じゃなさそうだから……人間？　さては時雨くんのお友達ね？　葛城汀一くんだったかしら」

「あっ、はい——あっ！」

名前を呼ばれた汀一が反射的に返事をしてしまう。慌てて口を押さえたが、もう完全に後の祭りだ。どうしよう？　パニックになった汀一は時雨に意見を求めようとしたが、時雨は一足先に観念したようで、無言で隠れ蓑を脱いでしまった。

「ああ……」

汀一のみっともない呻きが響く中、透明化していた二人の姿が外灯の下に現れる。何もないところから少年が出現したというのに、菜那子は驚く様子も見せず、時雨の手にした蓑を見てうなずいた。

「なるほど。隠れ蓑を使っていたのね」

「は、はい……。あの、これにはわけ」

「すみません！　これは全部僕の責任です、菜那子姉さん……！　しかし、いつから気付いていたんですか……？」

汀一が発した弁解の声に時雨が割り込み、そして怪訝な顔で問いかける。と、菜那子は困ったような笑みを浮かべ、二人に歩み寄ると、自慢げに自分の鼻を指さしてみせた。

「これでも私は狐だもの。鼻は良いのよ。金沢城の五十間長屋《ごじっけんながや》で写真を撮ってた人の日傘が風で飛んだ時、すぐに妖気に気付いたわ。この気配は時雨くんだな、って」

「そうだったんですね……って、え。五十間長屋？」

「……あの、七窪さん？　つかぬことをお尋ねしますが、それってあの、お城の中にあった、やたら横に長い建物ですよね？　あれを見に行かれたのって、兼六園を一時間くらいかけて見物して、城内もぐるっと見た後の話ですよね……？」

「え？　え、ええ、そうだけど……どうして？」

「……おれたち、その結構前……皆さんが兼六園に入る前から、ずっといたんですけど……。だよね、時雨」

「……汀一の言う通りです」

「え。え？　そっ、そ、そうなの……？　嘘……！」

意外そうな声と同時に、菜那子の眼鏡の奥の目がきょとんと見開かれた。続いて「全然気付いてなかった……」という小声が漏れ、お姉さん然として誇らしげだった顔がかあっと赤くなった。

なるほど天然な人だなあと汀一は改めて納得した。ちょっと可愛いなとも思ったが、明らかに自分たちに非がある状況でそんなコメントが口にできるはずもない。菜那子は恥ずかしさのあまり口をつぐんでしまい、時雨も黙り込んだままで、気まずい沈黙が暗い通りに満ちていく。

そうして静かな時間が続くこと約三十秒。菜那子は異様にわざとらしい咳ばらいをした上で、「それで」と二人を見回した。

「どうして私を付け回して、しかも騒ぎを起こしたりしたわけ？　納得できる理由を聞かせてもらえるかしら、時雨くん？」

「あ。それは、その――どう言えばいいか……」

「――七窪さん、今日、カフェで話している時に尻尾を出したじゃないですか。あれを見て時雨は心配したんです」

青ざめた顔を赤らめながらしどろもどろになる時雨の隣で、汀一は口を開いていた。その割り込みに驚いた時雨は「汀一」と怪訝な顔になったが、汀一は「良いから」とだけ切り返した。こういうのは首謀者じゃない方が客観的に説明できるはずだ。そう考えた汀一は、なるべく落ち着いた口調で事情を語った。

菜那子の正体が圭太や彼の両親に知られると結婚できなくなってしまうのではないかと時雨が心配したこと。そして。そうならないように尻尾が出るたびに時雨が一行の注意を逸らしていたこと。菜那子は黙って耳を傾けていたが、一通り聞き終えるとまたも困ったような笑みを浮かべ、「なるほどね」とうなずいた。

「そういうことなら叱れないわね」

「すみません。僕はただ、菜那子姉さんのことが」

「心配してくれたのよね。それは分かった。ただ、時雨くんの気持ちはありがたいけれど……でも、大丈夫なのよ。少なくとも半分は」

「『半分は』?」

「『大丈夫』?」

要領を得ない菜那子の言葉に困惑する時雨と汀一。菜那子は「帰りながら話しましょうか」と二人を促し、歩きながら話し始めた。

「そう。半分は大丈夫なの。だってね。圭太くんは、私が狐だって知っているから」

「……へ?」

「それは――本当の話ですか?」

「狐はね、信用している人には嘘は吐かないの」

驚く二人に苦笑を返し、菜那子は大通りに通じる角を曲がった。数ブロック先には、料亭のあった静かな通りとは対照的な、電飾の看板がいくつも輝き、バスや自動車がひっきりなしに行き交う大きな道、通称「百万石通り」が現れる。菜那子はまぶしそうに目を細め、しみじみとした微笑を浮かべながら言葉を重ねた。

「大学三年の、付き合い始めて半年くらい経った……彼と一緒にいるのが当たり前になってきた頃だったかな。私、圭太くんの前で、うっかり耳と尻尾を出しちゃったの」

「うっかりって……姉さんらしいと言えば、らしいですが」

「結城さんはびっくりしませんでした……？」

「した。すごくした。私もあーって思ったけど、もう隠せないなって思ったから、正直に説明しちゃったの。そしたら圭太くん、素直に納得してくれてね」

「そうなんですね……って、え？　そこで終わりなんですか？」

「うん。その後も、二人の関係は特に変わりませんでしたとさ。めでたしめでたし」

どこか照れ臭そうに、そして誇らしそうに菜那子がはにかむ。妖怪にとっては相当意外な話だったのだろう、時雨は「そんなことが」と絶句していたが、その隣の汀一は割とあっさり納得していた。

まあそんなこともあるよな、と汀一は胸の内でつぶやいた。

考えてみれば自分は、妖怪である時雨を友人だと思っているし、妖怪である亜香里のことが好きである。これがまあ「毎日人間を食べます」とか「見境なく切りかかります」みたいな妖怪だったらちょっと困るが、時雨も亜香里も菜那子だって、普通に言葉が通じる普通の――と言うか、普通以上に善良な――存在なわけで、そんな相手をただ「人間じゃない」というだけの理由で忌避したり拒絶したりすることはない。少なくとも自分の場合はそうだ。で、結城圭太もまた、自分と似たような考え方の人なのだろう。もしかして、妖怪の存在を知った上で共存している人は案外あちこちにいるのかも……。

とまあ、そんなことを考える汀一の隣で、時雨は青ざめ「ああ」と呻いた。

「つまり、僕の行為は、何の意味もない……無駄な一人相撲だったということか……！」

「でもないわよ？　圭太くんも多分、ご両親には私が狐だって言ってないと思うから……○・五人相撲くらいかな？」

「だとしてもです！　結城さんがご存じだったということは、もし姉さんがうっかり尻尾を出していても、彼がご両親の気を逸らしたり、姉さんにそれとなく注意したりすることはできたわけですよね」

「それは……まあ、そうかな。実際、今までも何度かそういうことはあったし」

「やはり……！　なのに僕は余計なことをやらかして……大事な日に、菜那子姉さんに余分な気を遣わせてしまった……！」

賑やかな百万石通りを目の前にして、時雨は立ち止まって苦悶した。菜那子は汀一と顔を見交わし、「そこまで自分を責めなくても」と苦笑する。だがその声は時雨の耳には届かなかったようで、隠れ蓑を手にした唐傘の妖怪の少年は、菜那子に向き直って深々と頭を下げた。

「本当にすみませんでした！　どう謝ればいいか……いや、どう償えばいいか……！」

「えっ？　あのね時雨くん。私は怒っているわけじゃないのよ。だからそんな、『償う』だなんて――あ、そうだ」

時雨に優しい声を掛けていた菜那子がふとポンと手を打った。何かを思いついたようだが、実際に手を打つ人を汀一は初めて見た。やはり妖怪だから仕草が古風なのだろうか、などと思いながら汀一が見守る先で、菜那子はにっこりと微笑み、時雨にずいっと歩み寄って口を開いた。

「ねえ時雨くん。唐傘お化けって、傘だけじゃなくて雨も操れたはずよね？　だったら、来週の日曜日にお願いしたいことがあるんだけど」

「来週の日曜と言うと……姉さんの結婚式の日ですか」

「あ。もしかして晴れにしてほしいとか？」

つい口を挟んだのは汀一である。それを聞いた時雨は「なるほど」とうなずいたが、すぐに首を左右に振った。菜那子に詰め寄られているせいか、さっきまで青白かった顔は赤く変色しつつある。

「姉さんも知っているはずでしょう。僕は、雨を降らせたり、雨の勢いをある程度調節することはできますが、晴れにするのは無理なんです」

それ以上近づかないで下さいとジェスチャーで示しながら時雨が口早に語る。だが、それを聞いた菜那子は嬉しそうな笑顔のまま「知ってる」と切り返した。

＊＊＊

菜那子の結婚式の日、汀一は一人で金沢駅前の商業ビルを訪れていた。今日は瀬戸も蒼十郎も時雨も亜香里も式に出席しているので、古道具屋も休業だ。ビルの中の本屋で前から読み続けている漫画の新刊と問題集を買った後、汀一はなんとなく最上階まで上り、東側の窓から山の方を――結婚式場のある方角を眺めてみた。

ただでさえ雨が多い金沢で、しかも梅雨時とあって、窓の外の天気は雨だったが、式場のあたりには日が当たっているようにも見える。天気はどうだったのかな、などと思いながら山手をぼんやり眺めていると、バックパックのポケットでスマホが震え、メッセージアプリの着信を示した。

スマホを手に取ってみれば、メッセージは亜香里からだった。「式終わったよー　今から披露宴！」という、いつも通りの気さくな口調のメッセージに続き、笑みを浮かべた新郎新婦が寄り添う写真が送られてくる。

式場はガラス張りのテラスだったようで、菜那子たち二人の後ろの大きなガラスは微かな小雨で濡れていた。

だが空は真っ青に晴れ渡り、立派な虹まで架かっていた。ガラスを濡らした小粒の雨が陽光と虹をきらきらと揺らめかせており、その光景は幻想的で温かだった。少なくとも汀一にはそう思えた。

再びスマホが振動し、「時雨が頑張ったおかげだね」と新しいメッセージが表示される。それを見ながら汀一は思わず微笑んでいた。

晴れさせることは不可能でも、雨量や勢いを調整できるなら、こういう空模様にすることはできるわけか。お疲れ様。

友人の頑張りを称えながら、汀一はどう返信しようか少し考え、ややあって、こういう時に丁度いいフレーズを思い付いた。フリック入力で短い文を打ち込み、送信ボタンをタッチする。

「狐の嫁入りだね」

「狐の嫁入りだね」

全く同じ文章がほぼ同時に液晶画面に二つ並んだ。亜香里も同じフレーズを思いついていたらしい。まあ、みんなそれを思いつくよな。汀一は苦笑して頬を搔き、「被った」とメッセージを送った。

＊　＊　＊

その日の夜のことである。土砂降りの雨が降り続ける金沢駅の駅前広場の木組みの巨大な門の上に、傘を刺したスーツ姿の少年が一人立っていた。

少年の姿は一帯を行き交う人の目には映らないようだったが、その中の一人――透明なビニール傘を差した小柄な人影だけは、門の上の少年に気付いているようで、門の傍で足を止め、呼びかけるように傘を振った。

門の上の少年は少しの間沈黙し、差していた赤黒い傘を軽く振り返した。と、門の下のビニール傘が、それを持つ人影ごとふわりと浮かぶ。少年の放った妖気に反応したのだ。ビニール傘を操るついでにその傘と持ち主の気配も消したので、騒ぐ人は誰もいない。

ビニール傘を掲げた小柄な人影はそのままふわふわと浮き上がり、やがて門の上へとやってくる。赤黒い傘の少年、即ち時雨は、恐る恐る門の上に足を下ろす小柄な人影、つまり汀一に横目を向け、いつものようにそっけない口調で声を掛けた。

「滑るぞ。気を付けろ」

「ありがとう。にしても初めて来たけど高いね、ここ。高所恐怖症じゃなくて良かったよ。雨の音もすごいし……。あ、そうだ。スーツ似合うね！」

「なぜここに？」

　陽気にはしゃいでみせる汀一の言葉に時雨がぼそりと問い返す。前髪越しの視線を向けられ、汀一は目を泳がせた。

「祖母ちゃんに買い物を頼まれて」

「嘘が下手だな君は」

「……なんかさ、時雨がここに来てる気がして。今日はお疲れ様。結婚式の写真、亜香里に見せてもらったよ。いい狐の嫁入りだったね」

「ありがとう。日中に雨を絞っていた反動で、こんな大雨になってしまったが」

「あー。この土砂降り、そういうことなんだ。式が終わったあたりから急に降り始めたと思ったら……。てか、今夜は二次会やるんじゃないの？」

「僕はああいう賑やかな場は性に合わない。披露宴が終わったところで、蒼十郎さんと一緒に帰ってきた」

「なるほどね」

　確かに蒼十郎も時雨もワーッと盛り上がるのは苦手そうだ。汀一は納得し、時雨の隣に並んで眼下の街を見下ろした。

　激しい雨の降り続く駅前広場や道路では、幾つもの傘や自動車が――つまり大勢の人間が――行き交っているが、その中の誰一人、鼓門の上の自分たちに注意を向けることはない。その状況はどこか寂しくもあったが、それ以上に自分を落ち着かせてくれる気がして、汀一は無言で得心した。なるほど、前に時雨が言ってたのはこういうことか。それで、と時雨が話を促す。

「僕を労うために来たのか、君は?」

「え? まあ……それだけじゃないんだけど……」

少し言葉を濁し、汀一は斜め上に視線をやった。自分の持っている傘のおかげで、すぐ隣にいるはずの時雨の顔は今日は見えない。そのことに少し安堵しながら汀一は続けた。

「あのさ。間違ってたらそう言ってほしいんだけど」

「なんだ」

「時雨、七窪さんのこと好きだったんだろ」

汀一のその問いかけに、時雨は答えなかった。

汀一は少し返事を待ち、時雨が何も言わないことを理解すると、さらに続けた。

「お姉さんみたいな人だ、恩人だって言ってたし、それも本当なんだろうとは思う。でもそれだけじゃなくて、もっとこう――」

「いつ分かった?」

汀一が重ねる言葉に、時雨が質問で切り返す。やっぱりか、と汀一は思った。

「最初はなんとなく。時雨ってさ、おれが亜香里のこと好きなの知ってるのに、全然茶化さないし馬鹿にもしないだろ？　だから、もしかして誰か好きな人いるのかなって思ってはいたんだよ。で、確信したのは、尾行がバレて詰め寄られてる時。時雨の反応を見てて……どの言葉とか、どのリアクションが、ってわけじゃないんだけど……ああ、やっぱりそういうことか、って思えたんだ」

「そうか」

「うん」

「……誤解しないでほしいんだが、菜那子姉さんに幸せになってほしいというのは僕の正直な本心だ。姉さんの結婚相手の結城さんが良い人だということも理解している」

「分かるよ」

「僕は、菜那子姉さんがあの人と付き合っていることはずっと前から知っていたし、結婚したのがショックというわけでもない。おめでとうと心の底から思っている」

「それも分かる」

「ありがとう。なのに……自分がひどくわがままで身勝手で、はっきり言って気持ち悪いということはよく分かっているんだが……でも……」

　時雨の言葉はそこで途切れた。

　感極まってしまったのか、傘の向こうから聞こえてくるのは鼻声交じりの呼吸音のような音だけだ。ああ、泣きそうなんだろうな、と汀一は理解し、同情した。

　好きな人が誰かと付き合ったり結ばれたりしたら、そりゃあ寂しいし辛いし悲しいだろう。汀一にだってそれくらいの想像はつく。人と妖怪の感覚は違うと時雨はよく口にするが、こういうところは同じなのだろう。

　だったら今、時雨の友人としてできる……してあげられることはなんだろう。えーと、場を和ませることくらい……だろうか。戸惑いながらも浅い人生経験を踏まえて自問した汀一は、傘を持ち上げ、少し気取った口調で声を発した。

「泣きたかったらおれの胸で泣け」

「いいのか」

「なんてね——って、はい？」

「すまない……助かる……！」

「時雨？　ちょっ」

「……あんやとな……！」

　金沢弁で短い感謝を告げるなり、時雨は自分の傘を手放して身を屈め、汀一の胸にすがりついた。と言うよりむしろ、汀一のTシャツの襟首を摑んで持ち上げ、そこに顔を押し付けて盛大に号泣し始めた。

「……ううっ、ぐうっ……！」

　感情が限界に達していたところに汀一の言葉が堰《せき》を切ってしまったのだろう、泣き声よりも呻き声に近い、絞り出したような声が雨音に交じって鼓門の上に響く。持ち主を失った時雨の傘を汀一は反射的に手を伸ばして掴んだが、そのせいで自分の傘を手放してしまい、おりしも吹いた強風がそのビニール傘をどこかへ吹き飛ばしてしまった。

「うっ、ぐっ……！　ぐうっ、ぐっ、うっぐうぅうううっ……！」

時雨の嗚咽《おえつ》は途切れ途切れながらも止まる気配はなく、どんどん溢れる涙が汀一のTシャツに沁み込んでいく。自分と時雨の上に傘を差しながら、汀一は驚き、そしていっそう戸惑った。

転校が多く、既に出来上がっていた人間関係や友人グループに合わせて生きてきた汀一にとって、こんな風に誰かの剝き出しの感情を目の当たりにするのも、それをぶつけられるのも、初めてのことだった。普段は冷静で頼れる時雨の意外な一面に汀一は驚いたが――だが、決して嫌な気持ちにはなっていなかった。

時雨の心情は理解できるし、何より、素直に感情を出せる時雨のことを汀一は改めて尊敬し、好ましく思った。いいやつだよな、という気持ちが大きくなる中、汀一は初めて時雨に傘を差してやっている自分に気付き、少し笑った。

七窪と云ふは海邊《うみべ》ながら地高うして、疇《うね》七つに下り上りありて高松に續《つづ》く。則ち越の高濱は爰《ここ》を云ふとぞ。されば低き地は必す松あり。砂吹きならして一遍に見ゆ。爰に至りて行人路《みち》を誤る。古《いにし》へより狐共を飛砂の吹埋《ふきうず》む故とも云ふ。（中略）安永初めの年、稀有《けう》なる狐妖《こよう》あり。（中略）酒井の永光寺の僧ありて申されけるは、夫《それ》こそは此野邊に年經《へ》る黄藏主と云ふ黄狐ならん。我寺の和尚能《よ》く狐狸に馴るゝ故に聞けり。

（「三州奇談」より）

第五話　椿女郎《つばきじょろう》と蜃気楼《しんきろう》

「おはよう、時雨」

「汀一か。ああ、おはよう」

　菜那子の結婚式から十日ほどが過ぎたある火曜日の朝。汀一の呼びかけに、教室に入ろうとしていた時雨は立ち止まり、挨拶を返した。夏服の汀一が時雨の右隣に並ぶと、相変わらず学生服姿の時雨は教室に足を踏み入れながら口を開いた。まだ梅雨は明けておらず、窓の外ではしょぼしょぼとした雨が降り続けている。

「忘れないうちに言っておく。蒼十郎さんから伝言で、今日の放課後、買い取りの予定が入ったので積み込みを手伝ってほしいとのことだ。汚れてもいい服装で直接現場に来てほしいそうだが、大丈夫か？」

「全然いいよ。一回帰るのも面倒だし、体操服のジャージでいいかな」

「僕もそのつもりだ。現場には僕が案内する」

「了解。にしても珍しいね。買い取り、いつも北四方木さんと時雨だけで行ってるのに」

「今回は人手が必要だそうだ」

　汀一を見下ろして応じる時雨の声と表情は例によって落ち着いており、先日、鼓門の上で二十分くらい――時間を計っていたわけではないが絶対にそれくらいはあったと汀一は確信している――泣き続けた男とはとても思えない。

友人がいつも通りであることに安心しながら、汀一は時雨に「じゃあ後で」と軽く手を振り、自分の席へ向かった。バックパックを机に下ろす汀一に、前の席の美也が振り返って人懐っこい猫のような笑顔を見せる。

「おっはよー」

「おはよう、鈴森さん。木津さんも」

「ん……。おはよう」

美也と雑談中だった聡子が手にしたスマホを掲げて挨拶を返す。転入初日に話しかけられたことがきっかけで、汀一は席の近い美也やその友人の聡子とは気さくに言葉を交わす仲になっていた。今日も天気悪いね、などと言いながらノートや教科書を机に移していると、美也と聡子はふいにしみじみした顔を見合わせてうなずき合った。

「それにしても……ずいぶん変わりましたなー」

「なー……」

「え。なんの話？　変わったっておれのこと」

「違う違う。そもそも葛城くん先月転校してきたばっかりじゃん」

「変わるも何も前の君のこととか知らんし……」

「そりゃそうか」

聡子の言葉にあっさり納得した汀一が「じゃあ何が」と尋ねると、美也は窓際の席の時雨を指さした。隣の席の男子生徒と挨拶を交わす時雨を見ながら美也が続ける。

「彼。濡神時雨くんのことに決まってるっしょ。前の彼なら、クラスメートと雑談しながら入ってきたりしなかったからね」

「クールなのは相変わらずだけど……前はもっとこう、孤高で壁があったのに……」

今の彼を歓迎しているとも昔の彼を懐かしんでいるとも取れるようなコメントを聡子が口にする。しかし「変わった」と言われても、一月前に時雨と知り合った汀一には実感が湧きにくい。そんなもんかなと適当な相槌を打ち、汀一は二人の女子を見返した。

「なんの話してたの？」

「そろそろ限定桃パフェが始まりますなあって話」

「武蔵にある果物屋さんのやってるパーラーでね、季節の果物を使った……」

「あ、それ知ってる！」

スマホの画面を見せながら語る聡子に、汀一は食い気味に答えていた。金沢全女子の憧れだと亜香里が力説していたやつだ。聡子の掲げたスマホには、桃を始めとした大量の瑞々しいフルーツが、これまた大量のクリームとともに、溢れんばかりに……と言うか、若干溢れて盛りつけられたパフェの写真が表示されている。これかー、と目を輝かせて画面を見つめる汀一に、美也が感心と呆れの入り混じった目を向ける。

「食いつき早！　さすがスイーツ好き男子」

「引っ越してきたばっかりでよく知ってたね……」

「教えてもらったんだよ。金沢の全女子の憧れなんだよね？」

「主語がでかいっつうの。でもまあ確かに好きな子多いよねー。結構並ばなきゃなのと、サイズがネックなんだけど。Sサイズとかないしね、ここ」

「あー。おれに教えてくれた子もそんなこと言ってた」

「その子って女子……？」

「うん。あ、この学校の子じゃないけどね」

「ほほー。で、葛城くんはその子と一緒に限定パフェを食べに行きたいと」

「そりゃあもう――いやそんなことは言ってないよ？」

美也の言葉に釣り込まれるようにうなずいた後、汀一は慌てて首を横に振ったが遅かった。「ほう」と心底楽しそうに相槌を打った美也は、同じく楽しげな顔の傍らの友人と視線を交わした後、無防備な獲物を見つけたネコ科の猛獣のような笑みを汀一に向けた。

「じゃあ誘っちゃいなよ。おれと二人で食べ行こうぜって」

「え？　いやそんな簡単に言うけどね」

「大丈夫！　葛城くんならなんとかなるって！　このあたしが保証する」

「同じく……」

「ほ、ほんとに……？　根拠は？」

「ないけど」

「同じく。あ、フラれたら話聞かせてね……」

けろりと応じる美也の隣で聡子がにまにまと微笑む。人の不幸をネタにするのは良くないよ、あと振られるの前提にしないでほしいです、と汀一は思ったが、それを口にしたところで言い負かされるのは分かっていたので、反論を呑み込んだ。

＊　＊　＊

その日の放課後、汀一は時雨とともに学校指定の緑のジャージに着替え、本日のバイト先へと向かった。

空は依然曇っていたが、雨は昼頃から止んでいる。丁寧に巻いた傘を手にした時雨は、いつもは渡らない浅野川大橋を越えて右手に折れ、ひがし茶屋街へと入った。

石畳の道の左右には町家を利用した土産物屋やカフェが軒を連ねて風流な空気を醸し出しており、「金箔ソフトクリーム」や「金箔コーヒー」の幟《のぼり》が立ち並ぶ中を、傘とカメラを手にした観光客が行き交っている。このひがし茶屋街一帯は、汀一の知る限り金沢で一番観光地らしい地区だった。

「今日も人多いねー。買い取り先ってこのへんなの？」

「いや、もう少し先だ」

物珍しそうにあたりを見回す汀一に時雨が簡潔に応じる。時雨はその後も歩き続け、茶屋町を抜けて坂を上り、閑静な地区へと入った。

時雨と一緒に何度か角を曲がりながら、汀一は自分が呼ばれた理由を悟った。茶屋町の東側、丘だか山だかの上にあるこの一帯は、細い石段や坂道が入り組んでおり、自動車が入れない場所が多いのだ。

「買い取り先まで車が入れないから運ぶ人手が要るってことか」

「ああ。軽トラを玄関まで着けられれば楽だが、ここ、卯辰山《うたつやま》のあたりでは、集合駐車場に停めるしかないからな。台車を使って運ぶにしても時間は掛かる」

「なるほどね。それにしても、面白いところだね、ここ」

時雨の説明に納得しつつ、汀一は周囲を見回した。高低差があって道が細いので見通しが悪いのに加え、人通りが少なく、歴史のありそうな寺院が多いためだろう、あたりには幻想的で不思議な空気が漂っている。華やかで賑やかな茶屋町のすぐ近くとは思えないムードに、「妖怪ものの漫画かゲームの舞台みたいだね」と汀一がコメントすると、時雨は「それは分かる」と同意した。そのあっさりした同意に汀一はきょとんと驚いた。

「妖怪でも妖怪もの見たりするんだ。『これは事実と異なる！』とか思ったりしないの？」

「思うこともあるが、だからと言って拒絶したり忌避したりするわけじゃない。君も、人間が出てくる物語を自分と切り離して楽しむことはできるだろう」

「それはまあ」

そんな会話を交わしながらさらに歩くこと十分強。蔵借堂の軽トラの停められた集合駐車場を通って細い坂道を上った先、「北新庄《きたしんじょう》」と表札を掲げた家の前で、時雨はようやく足を止めた。ここだ、と短く時雨が告げる。

ブロック塀で囲われた、瓦屋根の小さな家である。こぢんまりとした庭にはプランターが幾つかと、堂々とした椿の古木がそびえていた。時雨に続いて汀一が庭を覗き込むと、縁側で作務衣の蒼十郎と和装の老婆が話し込んでいるのが見えた。時雨と汀一に気付いた蒼十郎が立ち上がって会釈する。

「来てくれたか。葛城君もすまないな。本来、君は店番として雇われているはずなのに」

「いえ、そんな……。こういう場所なら人手が要るのも分かりますし」

いつも通り慇懃な蒼十郎に歩み寄りながら汀一は苦笑し、庭に面した縁側に正座している老婆に視線を向けた。紫色の着物姿で、真っ白な髪を後ろでまとめ、愛想よく微笑んでいる。こちらは、と汀一が聞くより先に蒼十郎が口を開いた。

「こちらは北新庄春《はる》さん。このお宅にお住まいで、うちに買い取りを依頼された方だ」

「初めまして。蔵借堂のアルバイトの葛城汀一です。本日はお世話になります。北新庄と申します」

「どうもご丁寧にありがとうございます。本日はお世話になります」

汀一が自己紹介すると、北新庄春と紹介された老女は正座したまま丁寧に頭を下げ、肩越しに自宅の居間を振り返った。家の中はきちんと整理されており、ノスタルジックな調度品や道具類が、使い込まれた家電製品と一緒に並んでいる。

「ここにずっと一人で暮らしていたんですけどねえ……。さすがにもう歳で体が言うことを聞かなくなってきたもので、施設に入ることにしたんですよ」

「施設と言うと、老人ホーム……？」

「はい。家のものは全部処分するつもりでしたが、蔵借堂さんに相談したら、幾つかは引き取ってくださるとのことで……。本当にお世話になります」

そう言って春は蒼十郎に頭を下げた。落ち着きのある口調と物腰は上品で、背筋もしっかりしているが、見たところ年齢は八十代くらい。少なくとも汀一の祖母よりは上だろう。口ぶりからすると蒼十郎とは知人らしいな、などと汀一が思っていると、続いて春は汀一の隣の時雨に親しげな笑みを向けた。

「時雨くんも久しぶりねえ」

「はい。ご無沙汰しています」

「あ、時雨も知り合いなんだ」

「前も言ったろう。そう広くない街だから、妖怪同士は大体顔なじみだ」

「ってことは、この人……じゃない、こちらの北新庄さんも妖怪なんだ」

「そんな気はしてた」と汀一は言い足し、妖怪が普通に暮らしていることに全く驚かなくなっている自分に少し驚いた。慣れというのは恐ろしい。そうなんですと春がうなずく。

「私は、椿女郎という妖怪でしてねえ。ここから少し南、福井県のとある坂に、椿の古木の精が若い娘の姿となって――昔は若かったんですよ、これでも――道行く人の袖を引いたという話があるんです。私はそれなんですよ」

「袖を引っ張るだけなんですか？」

「それも前に言ったろう。妖怪の大半はそんなものだ。それで蒼十郎さん、どれを運び出せばいいんです？」

「まずそこの車簞笥だな。後は衣装簞笥が奥の部屋に三棹……」

「お年寄りの一人暮らしなのに簞笥が多いんですね」

汀一がつい口を挟むと、蒼十郎は「昔は芸妓の着付けや着物の仕立て直しをされていた方だからな」と答え、そうですね、と言いたげに春を見た。こくりと春が首肯する。

「商売柄、古い着物や端切れをたくさん持っていましたからねえ。あの頃の茶屋町は芸妓さんが多くて、私みたいなものでも仕事があったんですよ」

「へえ……。ってことは、その簞笥には着物がいっぱい？」

「いえいえ。古着や布はもうしばらく前に全部処分しまして、中身は全部空にしてありますのでご安心を」

「あと、台所の水屋簞笥に桐火鉢《きりひばち》、籠に手燭《てしょく》なども買い取らせてもらう。大きなものは玄関にある台車を使ってくれ。天気が持っているうちに積み込んでしまいたいから――」

「お待たせしましたー！　って、もう始まっちゃってる？」

　蒼十郎の説明に明るい声が割り込んだ。一同が振り向くのと同時に庭先に駆け込んで来たのは、ジャージ姿の亜香里である。亜香里の学校の体操着なのだろう、無地のTシャツに鮮やかな水色のジャージを重ねた姿は新鮮で、汀一は思わず笑顔になった。

「亜香里も呼ばれてたの？」

「わたしは自分から志願した感じかな。おばあちゃんの家のことだし」

「おやまあ。亜香里ちゃんも来てくれたのかい」

　亜香里が視線を向けた先で、春が親しみの籠もった笑みを浮かべた。肉親同士のような気のおけないやりとりに、亜香里の祖母なのかと汀一は一瞬納得しかけたが、送り提灯である亜香里と椿女郎の春はどう考えても別種の妖怪だ。血が繫がっているとも思えないがどういう関係なんだろうと首を捻ると、その疑問を察した時雨が口を開いてくれた。

「亜香里は僕より先に蔵借堂に引き取られたという話をしただろう。覚えているか？」

「うん。亜香里の方が一年半くらい早かったんだっけ」

「そうだ、その間、亜香里は」

「わたし、よくおばあちゃんに面倒見てもらってたんだ。だよね、おばあちゃん」

時雨の解説に割り込んだ亜香里が同意を求めると、春は深々と首肯し「だから亜香里ちゃんは本当の孫みたいでねえ」と相好を崩した。なるほど、そういうことか。汀一は納得し、「にしても」と時雨を見上げた。

「よくおれの聞きたいこと分かったね。まだ何も言ってなかったのに」

「君は分かりやすい人間だからな」

「確かに」

時雨のあっさりとした回答に亜香里が即座に同意する。おれ、そんな分かりやすいだろうかと汀一は思った。


幸い、作業中に雨が降り始めることもなく、積み込みは小一時間ほどで無事に終了した。最後に残った大きな重箱を汀一が軽トラまで運んでいき「ラストです」と声を掛けると、時雨とともに買い取り品をロープで荷台に固定していた蒼十郎が手を止めて振り返った。

「ありがとう。おかげで手早く終えられた。ああ、もう一つ頼みたいのだが、これを春さんに届けてくれるか」

そう言って蒼十郎が荷台から取り出したのは、ハガキより一回り大きいほどのサイズの白黒の写真だった。「写真?」と首を傾げる汀一に「そうだ」と答えたのは、荷台に乗っていた時雨だった。拳で額の汗を拭った時雨が、目の前の箪笥を撫でながら続ける。

「この中に入っていたんだ。北新庄さんの昔の写真らしい。ですよね蒼十郎さん」

「ああ。中は空にしたと言っていたが、引き出しの奥に落ちていたから気付かなかったんだと思う」

「分かりました。届けてきます」

そう時雨と蒼十郎に返事をし、汀一は写真を手に来た道を引き返した。箪笥の中で忘れられていたという白黒写真は、すっかりセピア色に変色してしまっていたが、格子戸の町家を前に撮ったものであることは見て取れた。正確な時代は分からないが、おそらく昔の茶屋町だろう。いずれも和装の男性三人と、若い女性一人の合計四人が、こちらを向いて並んでいる。当然ながら汀一の知らない顔ばかりで――。

「んっ? これ、北四方木さんと瀬戸さん……だよな……?」

春の家に通じる細い坂の途中で、汀一は思わず声を漏らしていた。

髪型や服装こそ今と違うが、着物に前掛け姿の愛想の良さそうな男性はどう見てもカフェのオーナーこと大将こと瀬戸にしか見えないし、袖の短い着物の長身の男は、今しがた軽トラの前で言葉を交わしたばかりの蒼十郎にそっくりだ。

「まあ、妖怪なんだから昔から生きてておかしくないか。ってことは、この女の人が北新庄さんかな」

独り言を漏らしながら、汀一は写真の右端の女性に目をやった。年齢は二十歳過ぎくらいだろうか。身なりは素朴だが、整った顔立ちやたおやかな微笑みは上品で、言われてみれば春と雰囲気が似ている気がする。「もう歳だ」と言っていたので、春は歳を取るタイプの妖怪なのだろう。

「で、みんな妖怪だとすると、この人もおれの知ってる人……じゃなくて妖怪？」

眉根を寄せた汀一が写真の左端にいる三人目の男性に目を向ける。着流し姿で腕を組み、人を食ったような笑みを浮かべた細身の若者である。どことなく蛇じみた印象を与えるその人物の顔かたちを数秒眺めた後、汀一は「いや」と首を横に振った。

この人は知らないな、と汀一は心の中でつぶやいた。まあ自分は先月バイトを始めたばかりの新入りなので、瀬戸や蒼十郎たちの交友関係を把握しているわけでは全くないし、だとすれば知らない人がいるのも当然か。

そう納得したあたりで丁度春の家に着いたので庭に入って見回すと、春は縁側で亜香里と談笑中だった。正座した春の隣で足を延ばして座っていた亜香里が、汀一に気付いて顔を上げる。

「積み込み終わった？」

「うん。あとは縛って運ぶだけみたいだよ。あの、北新庄さん。これ、引き出しの奥に落ちてたそうです」

「あら。何かしら？」

　春の正面に立った汀一が白黒写真を差し出す。それを受け取った春は目を細めて写真を眺め、あらまあ、と声をあげた。

「ずいぶん昔の写真だこと。なくしてしまったと思っていたけれど……ありがとうね」

「いえ、おれは届けただけで……。見つけたのは時雨ですから」

「これおばあちゃんだよね？　美人だったんだ。瀬戸さんたちは変わらないねー」

　春の隣から写真を覗き込んだ亜香里がしみじみとした声を漏らす。やはり写真の男性は瀬戸や蒼十郎で間違いないようだ。

「瀬戸さんたちってずっと金沢に住んでるんだよね。『あいつら歳を取ってなくない？』って、怪しまれたりしないわけ？」

「ああいう人達にはああいう人達なりのごまかし方がね、色々あるそうですよ。私は歳を取る妖怪なので、詳しいことはよく知らないけれど」

　汀一の問いに答えたのは春だった。皺の浮いた細い指で写真をしっかり持ちながら、椿女郎の老婆は顔を上げ、「私はもうすぐ寿命だから」と言い足す。悟り切ったようなその口調に、汀一はまず亜香里と顔を見合わせ、次いで庭の椿の古木に目をやった。小さな庭には見合わない立派な椿は、もう枯れかかっているのだろう、幹はかさかさと乾いて生気はあまり感じられない。

「あの……それってもしかして、この椿が枯れたから……とかですか？」

「そういうわけじゃありませんよ。この木は好きで植えていただけ。しかしあなた、葛城汀一君だったかしら？　妖怪に寿命があると聞いても驚かないのねえ。お化けは死なないと思っている方が多いのに」

「あー、そのへんの話は前に時雨から聞きましたから」

頰を掻いて苦笑を返し、汀一は亜香里に顔を向けた。湿っぽくなりそうだったので話題を変えたい。さっきまで何を話していたのか尋ねると、亜香里は「色々かな」と微笑んだ。

「小さい時の話とか、この家こんなに広かったんだね、とか……」

そう言いながら亜香里は体を捻り、縁側に繋がる部屋に目をやった。箪笥などが運び出されてしまった居間は、最低限必要な家電製品などは残っているものの、どこかがらんとしてしまっている。生活感が希薄になった部屋を見た亜香里が「寂しくなるね」とつぶやくと、春は口元を押さえて上品に笑った。

「そういうのは年寄りの台詞ですよ。第一、今日明日に出るわけじゃないんだから……」

「でも、もうすぐ引っ越すわけでしょ？　寂しいものは寂しいよ」

「北新庄さんの入る施設って結構遠いの？」

「うん。だから、今までみたいに何かのついでにおばあちゃんのところに寄ったりもできなくなるし……。最近あんまり来れてなかったわたしが言うことじゃないかもだけど」

　汀一の問いかけに亜香里が答え、肩を丸めて溜息を吐く。実の祖母のように付き合ってきた人が遠くに行ってしまうのは寂しいに決まっている。共感しつつもどう慰めるべきか悩む汀一の前で、春は亜香里に顔を向け、優しく語りかけた。

「亜香里ちゃんがそんな顔することないでしょう。私は、今のありようにも、自分の人生にも、充分満足しているんだから……」

「いつもそうやって言うけど、それ、ほんとに？　あれが欲しいとかこれがしたいとかないの？　何かしてあげたいってずっと言ってるのに、何も言ってくれないんだから」

「あの……おれも、できることがあれば手伝いますよ」

　亜香里の真摯な言葉に釣られて汀一はつい口を挟んでしまった。現在進行形で祖母に世話になっている汀一には、離れる前に恩を返したいという亜香里の気持ちはよく分かったのだ。とはいえここでは自分は完全に部外者だ。「お前は関係ないだろ」と二人に呆れられるかもと汀一は思ったが、亜香里は「ありがと」と汀一に微笑み、再度春に向き直った。

「ほら、汀一もこう言ってくれてるし。何かない？」

「そうねえ……」

　亜香里に促された春が困ったような申し訳ないような顔になる。そのまま少し考え込んだ後、紫色の着物の老女はふと手にしていた写真を見下ろし、「何か、と言われると……」と口を開いた。

「昔の風景がもう一度見たいかしらねえ」

「昔の……？」

「ええ」

亜香里の言葉に即答が響く。春は顔を上げ、写真を持ったままゆっくりと続けた。

「この写真で思い出したんだけれど……これを撮る少し前、福井の田舎から出てきた時に見た金沢の街は、本当に綺麗で華やかでねえ……。川辺に並んだお茶屋さんの外灯、それに、行き交う人達の持つ提灯の光がね、浅野川に照り返して、こう、ゆらゆらって揺れるのよ。あれを見た時、まるで夢みたいな街だって思ったの。それからずっとこの街で仕事をしながら生きてきて……もちろん辛いこともあったし、それ以上に、辛い目に遭った人もたくさん見てきたけれど……でもねえ、やっぱりあの頃のあの光景は綺麗で、その思い出もそう思った気持ちも変わらないからねえ……。だから、ずいぶん様変わりしてしまった街を見ると、懐かしく、寂しくなったりもするのよ」

「様変わり？　金沢って、先月引っ越してきたおれからすると、昔ながらの街って感じなんですが……やっぱり結構変わったの、亜香里？」

「え？　わたしに聞く？　うーん……。十年ちょっとしか住んでないから実感ないけど……おばあちゃんが変わったって言うから変わったんじゃない？」

「ええ、ええ。そりゃあもう変わりましたよ。写真を撮っておけばよかったとは思うけれど、カメラなんか買えなかったし、そもそもあの頃の写真は白黒だったでしょう？　だから色までは残せないし……。今はまだ覚えているものの、歳のせいで物忘れも増えてきてねえ。これからは、大事なことも忘れたくないことも、どんどん忘れていくだろうから……。だからね」

見られるものならもう一度見て、しっかり焼きつけておきたいの。

一旦言葉を区切った後、春は強い意志の感じられる声で言い足した。聞き手の亜香里たちではなく、むしろ自分に言い聞かせるような語り口に、亜香里と汀一は押し黙ったままどちらからともなく顔を見合わせた。

＊＊＊

蔵借堂での荷下ろしが終わった頃には、既に日が沈みつつあった。「今日はもう上がってくれていい」と蒼十郎が言ったので、汀一が店を出ようとすると、そこを亜香里が呼び留めた。格子戸の外からは、作業が終わるのを待っていたかのように振り出した雨の音がざあざあと響いている。

「汀一、ちょっといい？」

「な、何？」

作業を終えた亜香里はTシャツにデニムパンツというラフな姿に着替えていた。この後カフェに出る予定がないからか、普段よりもカジュアルな私服姿は新鮮で、上がりかまちで靴を履こうとしていた汀一の声が思わず上ずる。亜香里はそんな汀一の様子に気付きもせず、ぱたぱたと駆け寄って「ね、この後時間ある？」と続けた。

「良かったらご飯食べに行かない？」

「え？　い、今から……？　亜香里と？」

「うん。駄目なら全然いいけど」

「行けます行きます行かれます！　全然行くけど！」

「良かった。ありがとう」

「い、いえ、それはこちらこそ……。でもなんで急に」

「後で話すから。じゃ、時雨も呼んでくるね。玄関で待ってて」

嬉しそうな笑みを浮かべた亜香里が背を向け、蔵借堂の店の奥へと去っていく。

「あー、時雨も一緒なわけか。そりゃそうですすよね……」

誰に言うともなくつぶやきながら、そして、少しがっかりしたような、それでいて安心もしたような妙な気分になりながら、汀一はスニーカーを履いて蔵借堂を出た。

亜香里が夕食の場所に選んだのは、香林坊の商業ビルの中にあるファミレスだった。

この金沢という街は、汀一が今まで暮らしてきた地方都市に比べると圧倒的に個人経営の店が多いのだが——少なくとも汀一はそう実感している——全国チェーンのこういう店も探せばちゃんとあるわけか。

パスタやピラフなどのありふれたメニューを囲みながら汀一がそんなことをぼんやり考えていると、その隣の時雨がドリンクバーで取ってきたアイスコーヒーにクリームを入れながら斜め向かいの席の亜香里を見た。時雨は食が細い上に食べるのが早いので、スープパスタの皿はもう空になっている。

「それで、一体なんの用だ？　北新庄さんのことだというのは見当がつくけれど」

「そういうところは察しがいいよね」

パスタセットのサラダの残りにフォークを伸ばしていた亜香里がきまりが悪そうに苦笑する。どうやら時雨の見立ては正解らしい。大盛りピラフの最後の一口を頬張っていた汀一は、まず時雨を、続いて正面の席の亜香里を見た。

「北新庄さんって、今日買い取りに行った家のお婆さんだよね」

「うん。汀一は一緒に聞いてたから知ってるよね？　わたしはおばあちゃんが施設に入る前に何かしてあげたいの。で、おばあちゃんは、昔の茶屋町の風景をもう一度見たいって言ってる」

「昔の風景？　そうなのか、汀一」

「そうだけど――でも亜香里、北新庄さん、あの後に『無理だってことは分かってるから』とも言ってたよね？　あれってさ、亜香里の気遣いは嬉しいけどしてもらえることはないから大丈夫、気にしないでいいよ、って言いたかったんじゃないの……？」

「そんなことは分かってる」

好意を抱いている相手に真正面から見返され、汀一の呼吸が一瞬止まった。汀一が黙った隙を突くように亜香里はさらに言葉を重ねる。

「分かってるけどさ、でもやっぱり人として妖怪として、お世話になった分の恩は返したいじゃない。鶴でも恩を返すんだよ？」

「その話がよくたとえに使われるってほんとだったんだね……。まあ、おれだって、亜香里の立場だったら同じことを考えると思うけど……時雨はどう？」

「亜香里の気持ちは理解できないわけじゃない。もっとも、僕は亜香里ほど北新庄さんと親しかったわけではないが」

「そうなんだ」

「わたしはおばあちゃんっ子だったけど、時雨はお姉さんっ子だったから。菜那子さんにべったりだったもんね」

「――っ！」

　亜香里の何気ない一言に時雨が短く息を呑んだ。まさかまた泣くのか！　汀一は一瞬慌てたが、時雨は短い深呼吸で強引に落ち着きを取り戻し、すぐに「しかし」と話題を戻した。偉いぞ、と汀一は思った。


「頑張ったね、時雨」

「うるさいぞ汀一。それで亜香里、昔の光景と言っても、具体的にどうするんだ？　往年の金沢の様子を撮ったカラー写真でも探すのか？」

「それができたら楽なんだけど、おばあちゃんの言ってる『昔』って多分明治か大正でしょ。そもそもカラー写真自体がないよ」

「明治か大正？　つまり九十年以上前？　おれ、北新庄さんはせいぜい八十くらいだと思ってたけど。あの写真だと二十歳くらいで、それが九十年前だから、ええと……」

「妖怪の老化や成長のスピードは個体や種族ごとに異なる。妖怪と人間は違うんだから、人間の尺度で妖怪を考えないことだ。しかし亜香里、だとすれば――」

「だから二人に来てもらったの。ね、うちの妖具で何か使えそうなものない？」


　時雨の問いかけに亜香里の声が重なる。送り提灯の少女の出し抜けな質問に、古道具屋で働く二人は同時に顔を見交わし、まず汀一が口を開いた。

「使えそうな妖具って言われても……おれが知ってるのって、切りかかってくる鎌とか、侍になる爪楊枝とか、触ったら縛られる紐とか、嘘吐きのハンマーくらいだよ」

「嘘吐きのハンマー？　あー、槌鞍さんのことか。先月散々な目に遭ったんだよね。わたし隣のカフェにいたんだから、呼んでくれれば良かったのに」

「それも考えたけど、亜香里を巻き込むと悪いなと思って……」

汀一は小声を発して頰を搔き、情けなさをごまかすようにアイスティーのストローに口を付けた。その歯切れの悪い返事に、亜香里は感心したのか呆れたのか数度目を瞬き、汀一の隣で腕を組んでいる時雨に目を向けた。

「時雨は？　心当たりないかな」

「過去に連れていける……つまり、時間を移動できる妖具など聞いたことがない」

「そっか……」

「だが。強いて言うなら、蜃気楼の貝殻を上手く加工すれば可能ではある……とは思う」

落胆する亜香里に向かって時雨が抑えた声で告げる。それを聞いた亜香里は「蜃気楼？」と時雨の言葉を繰り返し、「知ってる？」と汀一を見た。そのきょとんとした顔は可愛かったが、バイトを始めて一か月の自分に知識を求められても困る。汀一は素直に首を横に振り、腕を組んだままの時雨に顔を向けた。

「蜃気楼ってあの、海とか砂漠で、そこにない風景が見えるってやつ？」

「それは自然現象としての蜃気楼だろう。僕の言っているのは妖怪現象としての蜃気楼だ。古来、海中に棲む『蜃《しん》』という妖怪が吐き出す気体の中にはあるはずのない風景や建物が映し出される、これが蜃気楼である、という話があるんだ。『蜃』の吐く『気』体の中に幻の『楼』閣が見えるので蜃気楼。全国で広く知られていた話で、ここ北陸にも残っている。と言うか、海が近い場所にはたいてい伝わっているらしい」

「へー」

「あー、なるほど。確かに近いもんね、海……」

亜香里に続いて、汀一が微妙に重たい声で相槌を打つ。そのニュアンスが気になったらしい亜香里に「海がどうかしたの」と問われ、汀一は時雨に横目を向けて溜息を吐いた。

「先週の土曜、バイトは休みをもらったし、天気も悪くなかったからさ。時雨と一緒に金沢港まで行ったんだよ。自転車で」

「金沢港に？　なんでまた」

「ほら、おれ、これまで海の近くに住んだことなかったからさ、一度見てみたくて……地図で見たらそんな遠くないし……」

「遠くないって言っても、五キロくらいあるよね？　で、どうだった」

「……まあ、言われてみると海なんだろうなって感じだった」

どことなく憐れむような様子で尋ねる亜香里に汀一が再度溜息を返す。金沢港のあたりは入江なので、広々とした海が見えるわけでもなければ浜辺が広がっているわけでもない。加えて言えば観光地でもないので、タンカーとかコンテナ船の愛好家でもなければ行って楽しい場所でもないことが分かったと、汀一はぼそぼそと語った。「時間が合わなくて、魚市場の食堂も閉まってたし」と言い足せば、時雨が肩をすくめて口を開いた。

「だから僕が行く前にそう言ったろう。金沢駅の西側は観光地じゃないから見て面白いものは少ないし、この街には他に見に行く場所はいくらでもあると」

「はい……」

「でも時雨、一緒に行ってあげたんだ。仲良いよねー二人とも」

「そうか？」

「そう？」

「そうです。その返事のタイミングの揃い方からして仲良いし、ここに来る時だってさ、汀一、当たり前のように時雨の傘に入ってたよね。彼女かって思った」

「違います」

「違うからな」

汀一と時雨の否定の声が再度ぴったり揃って響く。汀一は「あれはいつも傘に入れてもらってるからつい慣れで」「おれ小さい折り畳みしか持ってないし」「本音を言えば亜香里と同じ傘が良かった」などと続けようとしたが、亜香里はその話題にそれほど興味がないらしく、話を元に戻してしまった。

「で、時雨。その蜃気楼がどうしたの」

「ああ。今言った、幻を見せる気体を吐く妖怪『蜃』は、竜のような怪物として語られることが多いんだが、蛤《はまぐり》として描かれたり語られたりする事例も少なからずある。そして、実際に蜃気楼を吐いたとされる二枚貝が蔵借堂の倉庫にあったはずなんだ。見た目はただの貝殻だが、あれを使えば……」

「おばあちゃんに昔の光景を見せられる？」

「理論上は」

亜香里が期待を込めて見つめる先で、時雨が小さく首肯する。蒼十郎から聞いた話を思い出しているのだろう、蒼十郎のような妖具職人を志す唐傘の妖怪の少年は、神妙な顔のまま言葉を重ねた。

「蒼十郎さんが言っていたんだが、蜃気楼が見せる幻は、基本的に、見るものの記憶や知識に基づいて構成されるらしい。だから、上手く調整してやれば、北新庄さんの思い出の景色を再現することも不可能ではないはずだ」

「へえ……。ちなみにその蜃の貝殻って、喋ったり動いたりするタイプの妖具？」

「いや、意思はない。そもそも貝の本体が失われているわけだからな」

「あー。じゃあ頼み込んで幻を見せてもらうのは無理ってことか。どう使うの？」

「海水か塩水を垂らしてやればいいだけだ。幻の内容は、貝殻に彫り込む文様や妖気の込め具合である程度調整できるはず。もっとも、妖具に手を入れるとなると、蒼十郎さんの手を借りるしかないが……」

「……蒼十郎さん、そういう使い方って絶対許さないよね」

時雨の言葉を受けたのは亜香里だった。汀一が「そうなの？」と尋ねると、蔵借堂の二人は同時に首を縦に振った。難しい顔になった亜香里が口を開く。

「どの妖具も原則的に使わないってルールなんだよ。『今回は特例』とか言い出すとキリがないし、そもそもここの妖具は休ませてるんだから、って」

「あー、そうなんだ。言ってることは分かるけど――ん？　あのさ時雨、そういうルールがあるなら、この前の隠れ蓑の件は」

「しっ！　……ともかく亜香里、そういうわけだから、どうしても使いたいなら蒼十郎さんを説得するしかない。なんなら北新庄さんに口添えを頼むとか」

「一緒に頼んでもらうってこと？　おばあちゃん絶対断るじゃん……」

そう言って大きな溜息を吐き、亜香里はがっくりと肩を落として黙り込んだ。時雨は腕組み姿勢のまま何も言わない。

さあ、こういう時は何をどう言えばいいんだ？　うろたえた汀一は言うべき言葉を探したが、汀一が口を開くより先に亜香里が顔を上げていた。意志の強そうな大きな瞳が時雨をまっすぐ見つめ、小さな口が思いつめた声を発する。

「時雨。蒼十郎さんの弟子だよね。その貝の使い方も知ってるわけだよね。だったら」

「僕にやれと言うのか？　無理だ」

「絶対にできないの？　それとも危ないから？」

「それは……絶対と言い切れるわけじゃない。使い方や原理は知ってはいる。失敗したところで幻が見えないだけだから特に危険性もない。だが僕には技量が足りていないし、一人で使った経験もないんだ。蒼十郎さんに黙って妖具を持ち出すのも……」

「お願い！」

　時雨の歯切れの悪い説明を、亜香里のきっぱりとした声が遮った。思わず黙った時雨と、そして見守る汀一の前で、亜香里は深く頭を下げ、「お願い」と繰り返した。

「わたし、おばあちゃんにずっと世話してもらって……小さい時だけじゃなくてね、小学校に入ってからも、ケンカして家に帰りたくなかった時だって、愚痴を聞いてもらったり、慰めてもらったり……ほんと色々してもらったのに、そんな人が遠くに行っちゃうのに、何もしてあげられないのは嫌なの」

「それは分かるが……しかし」

「あのさ」

「僕には――どうした、汀一？」

「もし時雨がなんとかできるならしてあげてほしい。おれからも頼む」

　少し迷った末、汀一は口を開いていた。意外そうに自分を見つめる時雨と亜香里の視線を感じながら、汀一は「お願いだよ」と言葉を重ね、自分にも祖父母がいるので亜香里の気持ちは分かるんだ、とさらに語った。

それは汀一の本心だった。亜香里の味方をして好感度を上げたいという下心がなかったとは言い切れないが、純粋に亜香里に同情し、共感していたのは確かだった。時雨は黙って耳を傾けていたが、二人がかりの懇願が功を奏したのか、ややあって大きく息を吐き、言った。

「……分かった。二、三日待ってくれ」

「時雨……。ありがとう……！」

「あ、ありがとう！　やった！　良かったね亜香里！」

「なんでわたしより汀一の方が喜んでるの？　でも時雨、本当にありがとう！　お礼は」

「まだ成功していないのに礼も何もないだろう。それに、僕から改まって亜香里に頼みたいことなど——」

感極まって少し涙ぐむ亜香里に時雨はドライに切り返したが、ふと眉をひそめて静止した。どうしたんだろうと顔を見合わせる汀一と亜香里。と、時雨は思い出したように顔を上げ、いつも通りクールな視線を亜香里に向けた。

「そろそろ限定の桃パフェが始まると聞いたが、そうなのか」

「え？　う、うん、そうだけど……時雨がスイーツの話なんて珍しいね。で、それが？」

「汀一が亜香里と行きたがっていた。良ければ一緒に行ってやって」

「わーっちょっとストップ！　何を急に！」

反射的に汀一は時雨の前に身を乗り出し、その口を塞いでいた。首を傾げる亜香里の前で、汀一は真っ赤な顔を傍らのクラスメートに向け、睨んだ。

「何を言い出すのかと思えば！　てか時雨、なんでそのこと知ってるの？」

「今朝、教室で話題にしていただろう。知人の声は耳に入るし、亜香里のことを言っているのは容易に想像がつく。そもそも君はそのことを何度か僕に話しているし」

「そ、そう言えば……いや、そうかもだけどさ？　なんでそれを今言うわけ？」

「僕から亜香里に頼むことは特にないからだが」

「あの……わたし、よく分からないんだけど」

時雨に嚙み付く汀一だったが、そこに亜香里の声が割り込んだ。少年二人が向き直る先で、亜香里は再度首を捻り、要領を得ない顔で続けた。

「要するに、汀一と一緒に桃パフェ食べに行ってこい、って言いたいの？」

「ああ。そうだな汀一」

「そ……まあ、うん、そうだけど、その」

「そんなのでいいの？　じゃあ行こう。結構並ぶと思うけど、次の土曜の朝でいい？」

「いい！　――って、え。いいの？　マジで……？」

脊髄反射でうなずいた直後、汀一が声をひそめて問いかける。怪訝な顔を向けられた亜香里は、汀一が戸惑う理由が分からないのか眉根を寄せたが、すぐにけろりとした顔でうなずき、続けた。

「だって、別に断る理由なくない？　わたしも行きたかったし。それに、知らない人とか苦手な人と一緒に行けって言われたら考えるけど、汀一でしょ」

「まあ、おれだけど」

「何その返事。そうそう、さっきは賛成してくれてありがとう。嬉しかった」

おかしそうに眉尻を下げた後、亜香里は感謝と親しみの籠もった温かい笑みを浮かべてみせた。その明るい笑顔に汀一の呼吸が一瞬止まる。思わず立ち上がってガッツポーズを取りそうになった自分を汀一が無理矢理押さえつけていると、亜香里は汀一の隣の時雨に顔を向け、「時雨はどうする？」と尋ねた。察しろ、と必死に念を送る汀一。それが通じたのか、そもそも行く気がないのか、時雨は首を左右に振った。

「僕はいい。甘いものも量の多い食事も苦手だ」

「そっか。じゃあ二人だね、汀一」

「だ、だね……！」

「場所は分かるよね？　時間は……十時開店だから、九時半でいい？」

「いいです」

「量多いから頑張ってね。わたしも頑張るけど」

「それはもう！」

　亜香里に笑いかけられた汀一が勢い込んで胸を張る。その隣の時雨は心底呆れた顔をしており、普段の汀一なら「そんな顔しなくても」とかぶつくさ言うところだが、この時の汀一は人生最高の多幸感に見舞われていたので、それどころではなかった。

＊　＊　＊

「え？　な、何？」

　突如視界を乳白色の霧に覆われ、汀一は戸惑いの声をあげた。

　薄い潮の香りを含んだ霧は濃密で、あたりの様子どころか自分の体や手すら全く見えない。さらにこの霧には脳に作用する何かが含まれているのか、吸い込んだ途端、頭がぼーっとして意識が薄れ、自分が今、なんのためにどこにいるのかを忘れてしまいそうになる。これはまずい！　汀一は見えない手で見えない鼻と口を押さえ、改めて今に至る流れを思い起こして確かめた。

　今日はファミレス会議から数日後の金曜日。時雨が蜃気楼を見せる貝殻の調整ができたと言ったので、汀一は時雨や亜香里と一緒に再び春の家を訪れたのだ。時雨が取り出した二枚貝の貝殻は、七センチほどの大きさで、淡い灰色の地肌に梵字《ぼんじ》か崩し字のような奇妙な紋様が彫り込まれていた。

「これで思い出の光景が見られるはず」と聞かされた春は半信半疑で、加工した時雨も自信なさげだったが、試してみようということになって、がらんとした居間で春に塩水を垂らしてもらったところ、貝殻の隙間からいきなりすごい量の霧が噴き出して……。

そうだ、と汀一はうなずいた。だからここはまだ春の家の居間で、周りには時雨たちがいるはずなのだ。

「時雨？　亜香里？　北新庄さん？　そこにいるよね？」

「いる。その声は汀一だな」

「わたしもいるよ！　おばあちゃんは？」

「動いちゃいませんよ。にしても亜香里ちゃん、これは……」

「誤作動です……！　すみません！　くそっ、どうしてこんな光景が……！」

春の問いかけに答えたのは亜香里ではなく時雨の苦渋な声だった。ちょっと待って、と汀一が口を挟む。

「時雨、何か見えてるの？　おれには何も見えてないんだけど。ただ真っ白なだけで」

「わたしもそうだよ」

「何？　僕には荒れ果てた古い寺が見えているんだが……。崩れかけた伽藍《がらん》、穴の開いた屋根、墓地は草ぼうぼうで、卒塔婆《そとば》は朽ち、無縁仏《むえんぼとけ》の石積みは倒れて苔で覆われている……。これはおそらく――いや、間違いなく、僕が生まれたあの廃寺だ」

「時雨の生まれ故郷？　でも、どうしてそんな光景が」

「加工した時に僕の記憶が彫り込まれてしまったんだと思う。完全に僕の失態だ……！」

汀一の問いかけに、悔しげな時雨の声が目と鼻の先から響く。悲痛な自責の言葉に、汀一は何も言えずに口をつぐんだ。それは亜香里たちも同じだったのか、乳白色に塗り潰された――少なくとも汀一にとってはそう見える――空間を沈黙が支配する。そして、静かな時間が続くこと数分の後、亜香里の抑えた声が汀一の耳に届いた。

「あの、時雨……？　これって、いつまで続くの……？」

「分からない」

「え」

「分からないって……！」

「分からないんだ、本当に！　そもそも僕には、視界を埋め尽くすような量の霧を吐かせるつもりはなかった！　部屋の一角に幻が浮かび上がる程度で済むはずだったんだ」

「そ、そうなの？」

「……あのさ。ここ、結構高台だよね？　霧がどんどん出て、下の茶屋町まで流れていったら、それってちょっと危なくない……？」

「確かに！　亜香里の言う通りだよ！　時雨、これどうやったら止まるの？　貝を閉じるとか塞ぐとか」

「……無理だ。予定外の挙動を見せてしまっている以上、止める手立てはない。壊すしかない。だが、視界を完全に奪われてしまっている状況で貝を見付けるのは……」

「手探りでなんとか！」

「そ、そうだよね」

「落ち着け汀一、亜香里！　相手は妖具だぞ。見付けたところでそう簡単には壊せない。素手で殴ってどうにかなるものではないんだ。壊せるような道具もない！」

なんとかしないと、と汀一が食い下がろうとした時だった。

ぱきん、という軽やかな音がどこかから――そう遠くない距離から響いたかと思うと、次の瞬間、視界を覆いつくしていた濃密な霧が掻き消えた。

「そうか……！　いや、でも」

「……え」

拍子抜けしたような声が汀一の口から自然と漏れる。及び腰であたりを手探りしていた奇妙なポーズのまま、汀一が四方を見回すと、同じように手探り体勢の時雨や亜香里、それに正座したままの春と目が合った。

四人が囲んでいた畳の上には、もうもうと霧を吐き出していたはずの二枚貝が、二つに断ち切られて転がっている。どうやら貝が壊れたから霧が消えたということらしい。

とりあえずほっとしたけれど……でも、どうして？　汀一がその疑問を口に出そうとすると、抑えた声が後ろから響いた。

「……とりあえず、大事になる前に収拾できたか」

「えっ？　あ――」

「蒼十郎さん……！」

驚く汀一の声を、いっそう驚いた時雨の声が打ち消した。慌てて汀一が振り向くと、その言葉通り、半袖の作務衣で赤い手ぬぐいを頭に巻いた偉丈夫が畳の上に立っていた。

小柄《こづか》というのだろうか、二十センチほどの抜身の小刀を右手に持ち、左手には同じ長さの黒塗りの鞘が握られている。その刀で貝殻を断ち割ったらしい。汀一たちが座り直す中、蒼十郎は手慣れた所作で刀を鞘に収めると、春の前に膝を突き、深く頭を下げた。

「勝手にお邪魔してしまったこと、お詫び申し上げます」

「いえいえ。お気遣いなく」

「あ、あの……どうして蒼十郎さんがここに？」

「何事もなければ見過ごすつもりだった」

亜香里がおずおず発した質問に、蒼十郎の低い声が切り返す。それはつまり、時雨が貝を持ち出して手を加えたことを蒼十郎はとっくに把握しており、黙認してくれていたということか。つい汀一が目を向けると、時雨はいたたまれない顔で視線を逸らした。「それにしても」とおっとりとした声を発したのは春である。

「初めて拝見しましたが、立派な刀をお持ちなんですねえ」

「ありがとうございます。昔、同族のよしみで作ってもらったものです」

「同族と仰いますと、河童のお仲間の……？」

「ええ。水主《かわそ》という妖怪です。漢字で書くと水の主。金沢は二俣町《ふたまたまち》の本泉寺《ほんせんじ》には、このカワソが高僧に命を助けられた礼として名刀を授けたという伝説があるのをご存じでしょうか。かのカワソは優れた刀鍛冶で、私にも一振り授けてくれました。私のような未熟な者が振るってもなお、どんなものでも断ち切れる名刀を……」

鞘に納めた小柄を畳に置き、蒼十郎が淡々と語る。妖怪が仲間のために鍛えた、あらゆるものを切れる名刀。少年心をくすぐるその説明に、汀一は「すごいですね！」と興奮した声をあげそうになったが、その直前に、蒼十郎の眉間に刻まれた深い皺と、その悲痛な表情に気が付いた。

――最後に手を下したのは、もう十年近く前……。時雨が小学校に上がる前の話だ。相手は妖具ではなく妖怪で、どうしようもなく危険なやつだった。

――だから、他に手がなかったと理解してもいるが……だが、そのことへの後悔の念は、ずっと胸に残っており、消えることはない。

しばらく前、蔵借堂の売り場で蒼十郎が静かに発した声が、汀一の脳裏に蘇る。戦闘用に生み出されながらも、何も壊したくないという信念を持つに至った人物に、自分たちは妖具の破壊を強いてしまった。

その事実を悟った汀一が、はっと大きく息を呑む。亜香里、それに時雨も同じ思いなのだろう、ずっと押し黙ったままだ。気まずさと申し訳なさが募る中、最初に口を開いたのは時雨だった。

「すみません蒼十郎さん！　僕が――」

「時雨？　あの、時雨に頼んだのはわたしで」

「いい。お前たちの気持ちは俺も理解しているつもりだ」

いつも以上に重たい声が時雨と亜香里の言葉を即座に遮る。再び黙り込んだ一同が見つめる先で、蒼十郎は割れた貝に手を合わせて目を閉じ、数秒間の黙禱《もくとう》を捧げた後、貝殻をそっと持ち上げた。あの、と春が問いかける。

「それをどうされるのです？」

「馴染みの寺で供養してもらおうと思います。壊れた妖具は役目を終える。もう休ませてやることも……その必要もありませんから。……では、失礼いたします」

そう言って丁寧に頭を下げ、蒼十郎は静かに立ち去った。

四人が残された居間には依然気まずく重い空気が漂っていたが、そんな中、春はにっこりと笑みを浮かべ、意外な言葉を口にした。

「ありがとう。あの貝と蒼十郎さんには申し訳ないことをしたけれど……でも、おかげで願いが叶いましたよ」

「えっ？　じゃあ、おばあちゃんの見たかった――」

「昔の金沢の光景が見えたってことですか？　時雨、そんなことってあるの？」

「何？　まさか――いや、待てよ。僕が汀一や亜香里とは違う幻を見たということは、見える光景が人によって異なるわけか。貝に塩水を垂らしたのが北新庄さんだから、その意思や記憶が反映されることは、理論的にはありえなくはない。ないけれど……。本当に見えたんですか？　もしかして……」

もしかして、僕たちを気遣って嘘を吐いているんじゃないですか。

最後の部分は声に出さずに、時雨が怪訝な顔で問いかける。だが、三人の少年少女に見つめられた春は穏やかな笑みを湛えたまま、きっぱりと首を縦に振ってみせた。

「こんな嘘を吐くものですか。ええ、確かに見えましたとも。ずらりと並んだお茶屋さんの外灯に、大橋を渡る幾つもの提灯の光……。それが揺れる川面に照り返して、ゆらゆらって揺れていて……。わずかな時間だったけれど、あれは間違いなく、私が金沢に出てきたときに見たあの光景でしたとも。こんな形で望みを叶えてもらえるとはねえ……。本当にありがとう」

しみじみと語った後、春は深く頭を下げた。重く強い感慨の込められたその言葉に、三人は思わず顔を見合わせた。

その後、汀一たちは揃って春の家を後にした。

誰も口を開こうとしなかったので、三人は無言のまま、雨の降る坂道を静かに下る。そのまま茶屋町を通り過ぎ、浅野川大橋に至った時、ふいに時雨が立ち止まった。

「——僕のせいだ」

愛用の赤黒い傘の柄をぎゅっと握り締め、長身の少年が絞り出すような声を発する。いつものように時雨の傘に入っていた汀一は驚いて足を止め、朱色の傘を差していた亜香里と顔を見交わした後、傍らの友人に向き直った。

「時雨……？」

「蒼十郎さんが——あの人が、絶対に刀を振るいたくないと思っていることは、僕はよく知っていたはずなんだ……！　何も壊したくないという信念を持って仕事を続けていることも……続けてきたことも！　なのに……なのに、僕は……！」

自責の念がとうとう抑えきれなくなったのだろう、傘の柄を握る手にますます力を込めながら、時雨が言葉を重ねていく。痛々しいその姿と声と表情に、汀一はいたたまれない気持ちに苛まれ、「時雨」と繰り返して友人の名を呼んだ。

「時雨の気持ちは分かるけど……でもさ、そんなに自分を責めなくてもいいと思うよ」

「うん。思い出の風景を見せてあげることはできたわけだし。ね、汀一」

「そうそう、亜香里の言う通り！　だから、そんなに落ち込まなくても……。それにほら、蜃気楼には別に意思があったわけじゃないんだろ？　あれはただの妖具なんだから」

「汀一！　それは――」

汀一が時雨を励ますために何気なく発した言葉に、亜香里がさっと顔色を変えて叫ぶ。え？　おれ何か、まずいこと言った？　目を丸くした汀一の見上げる先で、時雨はみるみる険しい顔になり、薄く開いた口から震える声を漏らした。

「『ただの妖具』……？　意思がないから問題がないと？　何を言っているんだ君は！」

「し、時雨……？」

「意思があるとかないとかじゃないし、『ただの妖具』など存在しない！　いいか！　僕は自分の不始末で、道具から生まれた妖怪に、しかも誰より尊敬する相手に、自分と同じ出自の存在を――同族を、手に掛けさせてしまったんだぞ！　なのに自分を責めるなだの、落ち込むなだの……！　器物系の妖怪なら自分を責めるのも落ち込むのも当然だ！」

「そうなの……？」

激昂する時雨に気圧され、汀一は思わず後ずさって傘から出た。降り続く雨に濡れながら「そういうものなの？」と亜香里に小声で尋ねると、眉をひそめた亜香里が無言で首肯する。どうやら自分は時雨の地雷を踏んでしまったらしいと汀一は今になって気付いたが、もう遅かった。当たり前だ、と時雨が荒い声を重ねる。

「僕たちにとっては常識なんだ！　どうせ人間である君には分からないことだろうが」

「どうせって――そ、そんな言い方しなくてもいいだろ……！」

「何？」

汀一がつい発した言葉に時雨がさらに目を細める。馬鹿かおれは！　今は言い返すべきタイミングじゃないだろう！　汀一はそう自分を責めたが、一度口から出した言葉は取り消せない。「なんでもない」とごまかすのは真剣に怒っている友人に対してあまりに不誠実だし、そんなことをしたところで時雨の怒りは収まらないだろう。なんでこんなことになっちゃったんだ。頭を抱えながら汀一は目を逸らし、ぼそぼそと続けた。

「人間と妖怪は違うって、時雨は何かあるとそう言うけどさ……。それ、ずるいよ」

「ずるい？」

「そうだよ。おれは時雨の話をしてるのに――したいのに、すぐに種族の話に持っていくよね？　それを言われるとこっちはどうしようもなくて、そうなのかって納得するしかなくなるんだから……」

「それが卑怯だと？　僕はただ事実を言っているだけだ！」

「だからさ、その言い方が……」

「ちょっとやめようよ、二人とも！」

亜香里の声が、橋の上に響き渡った。

その剣幕に思わず押し黙る時雨と汀一。物理的にその間に割り込んだ亜香里は、まず自分の傘を汀一に差し掛けた上で、「やめて」ときっぱり念を押した。

「時雨と汀一がケンカすることないでしょう。今、そういうの見たくないし」

二人の顔を見比べながらそう語る亜香里の表情は心の底から辛そうで、汀一の胸がズンと痛んだ。汀一が時雨にそっと視線を向けると、時雨も反省したのか落ち着いたのか、首を軽く左右に振り、顔を斜めに背けたまま「悪かった」と小声を漏らした。

「……少し、かっとなってしまったようだ」

「こっちもごめん……。あの、時雨――」

「すまない。今は一人で頭を冷やしたい」

何かを言おうとした汀一だったが、そこに時雨の声が被さった。そう言うなり時雨は二人に背を向け、足早に遠ざかっていった。

「え？　あの――」

「追いかけないであげて」

つい呼び止めようとした汀一に亜香里が抑えた声を掛ける。亜香里は傘を持ったまま汀一に近づいて隣に並び、遠ざかる時雨の後ろ姿に目をやった。

「時雨、蒼十郎さんのことすごく尊敬してるから……多分、わたしや汀一が思ってる以上にショック受けてるんだよ。今は一人にしてあげた方がいいと思う」

「そっか……。亜香里がそう言うなら……分かった。それと、ごめん」

「なんで汀一が謝るの？　ごめんを言うのはわたしだよ」

困ったような苦笑を浮かべ、亜香里は川に顔を向けた。普段は澄んでいて流れも穏やかな浅野川だが、数日前から続く雨のおかげで水量が増えており、いつもより荒々しく見える。どうどうごぼごぼと流れる川面を見下ろすと、送り提灯の少女は「あー」と大きな溜息を吐き、肩をすくめた。

「もう、どうしてこんなことに……って、わたしが浅はかだったからなんだけど」

「いや、そんなことないって！　おれも亜香里だったら同じことしてたし」

「え。そう？」

「そうそう。絶対やってた。それにさ、さっき亜香里も言ってたけど、本来の目的は果たしたわけだから、少なくともそのことは良かったし……」

だから、全部間違ってたって思わなくてもいいと思うよ、おれは。

距離の近さに若干照れながら汀一が言い足すと、そのコメントが意外だったのだろう、亜香里は大きな目を丸くして汀一を見返し、ややあって、頑張って――汀一にはそう見えた――微笑んだ。

「ありがと。行こうか」

「うん」

傘を差す亜香里に促され、汀一はその隣に並んで歩き出した。せっかく亜香里との相合傘なのに、心は全く……いやまあ、全くということはないのだけれど、あまり弾まない。溜息をこぼしながら重たい足取りで橋を渡っているうちに、汀一はふと明日が土曜であることを思い出した。亜香里とパフェを食べに行く約束をした日だ。

「……あのさ、亜香里。明日だよね、土曜日」

「え？　それが――ああ、限定パフェ。約束したもんね」

「うん。どうする？　行く……？」

正直このテンションだし、無理させたくないし、という思いを込めて汀一は尋ねた。いつもはすぐ隣にあるのは時雨の腕か肩なので、ほぼ真横に話し相手の顔があるのは新鮮で照れる。しかもそれが亜香里なのだからなおさらである。

とかなんとか、そんなことを心の端っこで考えながら返事を待っていると、亜香里は「んー」と考え込み、きっぱりとした顔を汀一に向けた。

「行こう」

「だよね。……え？　行くの？」

「うん。勝手かもだけど、凹《へこ》んでたって仕方なくない？　気持ち切り替えたいし、限定のパフェは食べたいもん。あ、もちろん時雨には家で謝るつもりだし、蒼十郎さんにも謝るよ？　申し訳ないことをしたのは分かってる。でも、それはそれ、これはこれ、ってことで……。どう？　駄目だと思う？」

「……思わない」

「良かった！　じゃあ明日、よろしくね」

「こ、こちらこそ！　……亜香里、強いね」

「何いきなり」

「いや、そう思ったから」

そういうところが好きだ！　と心の中で叫びつつ、それを絶対に口に出さないように自制しつつ、汀一は橋を渡り終え、橋のたもとの屋根付きのバス停の前で足を止めた。

「おれバスだから、ここまででいいよ。今日は色々ありがとう。時雨によろしく」

「任せときなさい。じゃあ汀一、また明日ね」

「うん。気を付けて」

汀一が軽く手を振ると、亜香里は手の代わりに傘を振り返し、雨の降る薄暗い道を蔵借堂の方へと歩いていった。遠ざかっていく朱色の傘を見送りながら、汀一は、明日の約束はもちろん楽しみだけれど、思っていたほど心が躍らないのはきっと、時雨のことが気がかりだからだろうな……と思った。

二俣川の掘りかえ工事の人夫が、悪いカワソ（河童）を捕えて殺そうとしたのを上人が助け、懇々と非をさとして放ちやった。その晩、カワソが恩返しに一振りの短刀をくわえてきた。長谷部国重の作だという。これが本泉寺に伝来し、近世はお殿様に召しあげられたが、改めて寺宝として返されたという。

（「日本の伝説　12　加賀・能登の伝説」より）

第六話　約束の手形傘

　翌日土曜日の朝、午前九時すぎ。汀一が待ち合わせ時間より二十分ほど早く現地に着くと、フルーツパーラーに続く階段にはすでに行列ができていた。並んでいる人数はざっと十五人前後。道中では、さすがに早く来すぎだろうか、誰もいなかったらそれはそれで寂しい……などと思っていたが、さすが人気店である。これならむしろもっと早く来ても良かったくらいだ。

　今にも降り出しそうな曇り空の下、汀一が自分の見通しの甘さを痛感していると、後ろから聞き慣れた声が耳に届いた。

「おはよう汀一」

「え、亜香里？　あ、おはよう」

　声に釣られて振り向くと、気さくに微笑む亜香里と目が合った。黒地のTシャツに裾の広がった吊りスカートという出で立ちで、見慣れたバッグと綺麗に巻いた朱色の傘を手に持っている。新鮮な私服姿に見とれる汀一に、亜香里は軽やかに歩み寄り、笑った。

「ほんとに『お早う』だよ汀一。早くない？　まだ九時十分だよ？」

「それはそっちもだよね。おれが言うのもなんだけど」

「……楽しみで、つい」

すっと視線を逸らした亜香里が照れ臭そうに苦笑する。ああもう可愛いな！　思わず顔を赤らめる汀一を、亜香里は「ほら並ぼうよ」と促した。

「もっと並んでるかと思ったけど、案外早く入れそうだね」

「そうなの？　結構多いなって思ってたんだけど」

「今日は少ない方だよ。汀一、朝ごはん食べてきた？」

「一応。ほんとに軽く、ちょっとだけ」

「わたしも。お腹空けとかないとだもんね」

「そ、そうだね」

亜香里にぴったり隣に付かれ、汀一の声が上ずった。このまま行列に二人で並ぶということはつまり、亜香里と距離が縮まった状態がしばらく続くということだ。呼吸を落ち着かせながらちらちら横目を向けていると、視線に気付いた亜香里が小さく首を傾げた。

「どうかした？」

「え。いや、今日の亜香里、いつもと雰囲気違うねと思って。ほら、制服とかブラウスとか、きっちりした服着てるイメージだから」

「あれはカフェに出るからだよー。オフだとこんな感じ。この前ファミレス行った時もそうだったでしょ？　で、そういう汀一は……うん、いつも通りな感じだね」

「そ、そう……だね」

亜香里にしげしげと見返され、汀一は照れ隠しに視線を逸らした。亜香里とは背の高さがほぼ同じなので、こちらを見られるとまっすぐ目線が合うことになり、緊張がさらに増すのである。

ちなみに今日の汀一の服装は、明るいオレンジのTシャツに薄いグレーのハーフパンツというものだ。まあ確かに概ねいつも通りだけど、一応とっておきのお気に入りのシャツではあるんだよ、と汀一は思った。ついでに言えば髪も普段の五倍くらいの気合でセットしてきたのだが、それを力説するのも情けない。平静であれ、と汀一は自制し、そしてスッと呼吸を整えた。

亜香里と二人というこの状況はもちろん嬉しいし、限定パフェも楽しみだが、浮つきっぱなしじゃ駄目だろおれ。だよな。そんな自問自答を経て、声のトーンを少し真剣なものに切り替える。

「……あのさ、亜香里。ちょっと聞きたいんだけど……」

「時雨のこと？」

具体的な名前を出す前に、亜香里が抑えた声で問い返した。汀一はこくりと首肯し、感心した顔を亜香里に向けた。

「よく分かったね」

「時雨も言ってたけど、汀一、分かりやすいから」

「そんな分かりやすいんだ、おれ……。で、時雨はその……どう？」

昨日、浅野川大橋の上で声を荒げた姿を思い起こしながら、汀一は漠然と問いかけた。本当は「落ち込んでいなかったか」「まだ怒っているか」と具体的に確かめたかったが、時雨の性格は汀一も知っている。落ち込んでいることも怒っていることもほぼ確実で、しかもその原因は自分にも——自分にこそ——あるのに、他人事のように尋ねるのはあまりに無責任な気がしたのだ。

問われた亜香里は少し目を泳がせたが、すぐにどこか無理をした笑顔になり、自分に言い聞かせるように口を開いた。

「時雨なら大丈夫」

「大丈夫？　ほんとに？」

「……うん」

「それならいいけど……あの、それだけ……？　他に何か……」

「ごめん」

汀一が不安な視線で見つめる先で、亜香里は顔を伏せて小声を漏らす。情報が少なすぎると汀一は思ったが、そう言われてしまっては仕方ない。亜香里もショックを受けていることは分かっているので、食い下がることもできず、その話題はそこで終わってしまった。

それからしばらく二人は静かに行列に並んだ。

言葉を交わさなかったわけではないが、共通の話題となるとどうしても時雨の名前が出てきてしまい、二人とも——特に亜香里が——そこに触れるのを避けたため、会話はまるで弾まなかった。

「ええと……もうすぐ開店だね」

「うん」

汀一の短い言葉に亜香里がうなずく。気付けば二人の後ろにも大勢の人が並んでいた。開店時間はあと五分足らずにまで迫っており、汀一たちの前に並んでいた大学生のグループが「食べきれるかな」などとうきうきした顔で話している。その、自分たちとはまるで真逆の楽しそうな様子を、汀一がぼんやり眺めていると、ふいに亜香里が口を開いた。

「——ごめん、時雨」

「何？　どうしたの急に？　てか『時雨』って」

「うん。時雨から汀一には言うなって言われてたけど、汀一が時雨を心配してるって分かったし……だから、やっぱり黙っておけなくて」

そう言って亜香里は「ごめん！」とここにはいない時雨に再度謝り、さっきまでとは打って変わった、きっぱりした顔を汀一に向けた。

「……聞いて。時雨が今朝、蔵借堂を出たの」

「出た？　い、家出ってこと？」

「ううん。行先も分かってる。汀一、時雨が生まれた場所は知ってるよね？　山形の荒れたお寺なんだけど、時雨、色々あったから、一度生まれ故郷に帰って一人で考えたいって言って――」

「ちょ、ちょっと待って！　故郷に帰った？」

汀一が思わず発した声が、亜香里の言葉を遮った。

そのボリュームと驚きように、行列に並んだ大勢の視線が集まる中、汀一はわなわなと震えながら青ざめた顔で亜香里を見返し、恐る恐る口を開いた。

「帰ったって……ほんとに？　北四方木さんや瀬戸さんは止めなかったの？」

「え？　う、うん……。だって時雨、昨夜から相当思い詰めてたし……そういう時は一人になりたいものだろうって。わたしもそう思ったから――」

「馬鹿っ！」

気が付けば汀一は再度亜香里の語りに割り込んでいた。いきなり罵倒された亜香里がびくっと震えて身を引く。怯える亜香里の表情に、汀一ははっと我に返って謝った。

「あ、ごめん！　今のは亜香里に言ったんじゃないから！　つい時雨に」

「時雨に？　よく分からないよ汀一。何をそんなに驚いて、どうしてそんなに怒ってる……ううん、怖がってるの……？」

「どうしてって——」

——前に話したように、妖怪は認識されることで存在を保っている。あんな場所に下手に長居でもしたら、まだ年若く不安定な僕は消えてしまいかねない。僕にとって帰省は自身の消滅とイコールなんだ。

——落ち込んだりした時は、故郷に逃げ帰れと促す声が胸の内に響いたりもするが……それは逃げであり、一種の自殺だからな。そんな声に従うほど弱くはないつもりだ、僕は。

菜那子が来た日、時雨から聞いた言葉が汀一の脳裏に蘇る。亜香里の反応からすると、時雨はそのことを話していなかったようだ。それを言ってしまっていいのかと一瞬だけ逡巡した後、汀一はすぐに首を左右に振り、「ごめん!」と言葉を重ねていた。

「時雨、おれも言う! あのさ、前に時雨が言ってたんだよ。落ち込んだ時は故郷に帰りたくなるけど帰らない、自分にとってあの場所に帰るのは消えるのと同じだから、って」

「な——何それ? ほんと?」

「こんな嘘なんか吐かないよ! 時雨が嘘を言ったとも思えないし……。だから、多分だけど、今、時雨はめちゃくちゃ落ち込んで、自分を責めて責めて、その挙句に——」

自殺しようとしてるんだと思う。

その部分を口に出すことは汀一にはできなかったし、言う必要もなかった。汀一の推測と同じ結論に至ったのだろう、亜香里の顔がさあっと青ざめる。

「時雨、そこまで追いつめられてたってこと……？」

「と言うより、追い詰めたんじゃないかな。自分で自分を」

「確かに時雨そういうところあるけど」

「てか、そもそも、妖怪って一人になったからってそんなすぐ消えちゃえるものなの？」

「普通はそんなことない。でも妖怪ってルールと認識で出来てるから……時雨自身がそう思っていたなら――そう決めていたなら、きっと、そうなっちゃうはず――って、話してる場合じゃないよね、今は」

血相を変えた亜香里は慌ててバッグからスマホを取り出し、大急ぎで画面をタッチして顔の横に押し当てた。と、呼び出し音が数回響いた後、汀一にとっても聞き慣れた声がスマホのスピーカーから漏れた。

「……もしもし？　亜香里か」

「時雨？　今どこ？」

「金沢駅だが――」

「駅？　ってことはまだ電車には乗ってないんだな！」

電話越しに聞こえた時雨の声に、思わず汀一は会話に割り込んでしまっていた。それを聞くなり、時雨は「汀一？」と短く驚き、直後、プツンと通話が切れた。亜香里はすぐに掛け直したが、呼び出し音が響くばかりで時雨が出る気配はない。「あの馬鹿」と舌打ちを漏らす亜香里の隣で、汀一は頭を抱えて呻いた。

「おれのせいだ……！　ごめん！　おれが横から口を挟んじゃったから、あいつ、自分が何をしようとしてるか、おれが亜香里にバラしたことに気付いたんだよ！　だから」

「邪魔されないように電話を切ったってことだよね。……でも、時雨はまだ電車に乗ってなかった。乗れる電車はいくらでもあったはずなのに」

「そっか！　でもなんで」

「多分、時雨も迷ってるんだよ。今ならまだ止められるかも……」

「確かに！　亜香里の言う通りだ！　じゃあ急いで駅に……！」

「うん！」

焦る汀一に亜香里がきっぱりうなずき返す。おりしも、行列の先でガラス戸が開き、エプロンを着けた店員が「開店しまーす」と呼びかけていたが、今の二人にはそんなことはどうでもよかったし、全くもってそれどころではなかった。

行こう、とうなずき合った二人が足早に行列を離れる。まっすぐ駅に向かうならどうするのが一番早いんだ。汀一がそう考えた矢先、唐突に、緊迫感ゼロの気さくな声が二人の背後から投げかけられた。

「あれー。葛城くんじゃん」

その声に、駆け出そうとしていた汀一が出端をくじかれつんのめる。慌ててバランスを取って振り向くと、通学用自転車にまたがったショートカットの女子と目が合った。「奇遇だね」とこちらを見つめるクラスメートを前に、汀一は驚いてその名を呼んだ。

「鈴森さん？」

「う、うん、鈴森美也だけど……って、あ。見知らぬ美少女とご一緒ってことは、もしかしてデート中だったり？　あたしお邪魔しちゃった感じ？」

「いや、そういうわけじゃ……。って、あ、そうだ！　そんなことより鈴森さん、いいところに来てくれた！　その自転車貸して！」

勢いよく美也に駆け寄った汀一が両手を合わせて「お願い！」と叫ぶ。美也は当然ぽかんと目を丸くしたが、汀一が「時雨の命にかかわることで」と続けると、ただごとではないと察したようで、一、二秒ほど思案した後、自転車から降りた。

「――使って」

「あ、ありがとう！　いいの？」

「何がなんだかよく分かんないのにいいも悪いもないっての。でも、あれでしょ？　濡神くんのことなんだよね？　彼が大変なんだよね？」

「うん。それはそうだけど」

「だよね。だったら使って。親友が惚れた相手の生き死にの話って言われて、ほっとけるわけないでしょう」

言い淀む汀一に向かって美也が告げる。親友って……ああ、木津さんのことか。いつも美也と一緒にいる女子の姿を思い起こしながら汀一は納得し、頭を下げた。

「ありがとう！　ほんとに助かる！　亜香里、後ろに――」

「――汀一が一人で行って」

勢いよく自転車にまたがった汀一の呼びかけに亜香里の短い声が応じる。はい？　予想外の回答に、汀一は目を瞬き、傍に立つ亜香里に顔を向けた。

「二人乗りは禁止とかそういうこと言ってる場合じゃないよね？　ほら、荷台あるし、後ろに乗れば」

「いいから行って！　道は分かるよね？」

「は、はい！　でも――」

亜香里も一緒に来るべきと思うし、来てほしいんですが。

そう重ねようとした言葉を汀一はぐっと呑み込んだ。亜香里の思惑はさっぱりだが、今は押し問答している時間も惜しい。汀一は「分かんないけど分かった！」と亜香里にうなずき、ペダルに足を掛けた。

「じゃあ借りるよ鈴森さん！　絶対返すから！」

「え？　いや、てか返してもらうの前提だからね？　そこは頼むよ？」

汀一たちと自分のテンションの温度差に、美也が大きく眉根を寄せる。困惑する美也に、汀一は「ありがとう！」ともう一度告げ、ペダルを踏みこんで走り出した。

ここから金沢駅へは幸いそう遠くない。この道をまっすぐ走って、金沢駅と近江町市場を繋ぐ通りに出てしまえば、あとは駅に向かって直進するだけだ。

もっとも、直線距離が近いとはいえ街中だ。スムーズに進めるとは限らない。

「ああもう……！」

赤く輝く歩道の信号を前に、汀一が歯噛みする。だがブレーキに手を掛けようとした矢先、信号は青に切り替わった。

助かった！　再びペダルに力を掛けて加速する。そのまま進んで左に折れると、この街では珍しく見通しのいい直線道路の先に、金沢駅のシンボルである鼓門が小さく見えた。

無論そこに至るまでにも、いくつも信号があるわけで……。

「どうか引っかかりませんように！　最悪信号無視で……って、え。あれ？　嘘……？」

駅に向かう通りを走りながら、汀一は驚きと戸惑いの声を漏らした。

自分の目が信じられないが、駅に通じる信号が、見渡す限り全部、しかも、ずっと青いのだ。この通りに出て既に数ブロック走ったが、自分の前にある信号はどれも赤になるどころか点滅する気配すらない。減速しなくていいのは助かるけれど……。

「でも、なんでこんな……？」

と、汀一が首を捻った時、ハーフパンツのポケットから振動音が響いた。スマホに電話が掛かってきたらしい。

今はそれどころではないのだが、亜香里か、あるいは時雨の可能性もあるよな。そう考えた汀一が走りながら無理矢理スマホを取り出して通話ボタンを押し、「もしもし?」と呼びかけると、返ってきたのはクラスで聞き慣れた女子の声だった。美也である。

「あの、葛城くん……?」

「鈴森さん? 何? あ、自転車だったら絶対返すから……!」

「それは分かったたって。そうじゃなくて、葛城くんと一緒にいた子……向井崎亜香里さんって言うんだよね? 彼女から伝言」

「亜香里から? 亜香里はどこか行ったの?」

「いや、ここにいるんだけどさ。なんかね、目をつぶって無言になっちゃって……。その亜香里さんが言うにはね、『ちゃんとできてるか聞いてくれ』って。『わたしはこれをやるときは動けないから』って……」

伝言の意味が分からないのだろう、困惑したまま美也が言う。なんとも要領を得ないメッセージに汀一も首を捻ったが、次の瞬間「ああーっ!」と叫び声をあげていた。

——正確に言うと、特定の誰かから見て前方にある照明の光り方を調整できるって感じかな。使い勝手が今一つな上、ぐっと念じないと力が使えないから、これをやると何もできなくなるんだよね。

亜香里が以前語った言葉が、青信号がまっすぐ続く光景と重なった。そういうことか！　だから亜香里は残ったんだ！　深く得心しながら、汀一は顔に添えたスマホに叫んだ。

「できてる！　できてるって言って！」

「は、はい！　伝えます！　……てか、事情がもうあたしには全然さっぱりなんだけど、なんなのこの子？」

「おれの好きな人だ！」

「はっ？」

「ごめん今のなし！　ちょっと今考える余裕がなくて！　今の忘れて！」

「すっごい難しいこと言うね、君……。で、今何が起きてるわけ？」

「え。だから、それは――」

「あー了解！　何も言えないのね？　じゃあもう今はいいや！　よく分かんないけど頑張れ！　後でちゃんと説明しなさいよ！」

「うん！　鈴森さんありがとう、めちゃくちゃ恩に着る！　あと、亜香里にもありがとうって伝えといて！」

そう言って切った電話をハーフパンツのポケットに突っ込み、汀一はさらにペダルに力を込めた。金沢駅まではもう残すところ二百メートルほどだ。

だがその時、ふいに空が掻き曇り、ざあっと雨が降り出した。歩道を歩いていた観光客が慌てて軒下に避難していく中、汀一の脳裏に、いつも傘を手にしており、雨と傘とを操れる友人の姿がふと浮かぶ。もしかしたらこの急な雨も、時雨が来るなと拒んでいるのかも。ふと浮かんだそんな考えを、汀一は首を左右に振って否定し、叫んだ。

「だからなんだ！」

信号が全然変わらないことに苛立ったのか、赤信号で止められっぱなしの車のクラクションがあちこちから響き始める。そんな喧騒の中、汀一は駅前に左右に伸びる通りをまっすぐ突っ切り、勢いを緩めずに駅の敷地へ乗り入れた。

休日の金沢駅は例によって混み合っており、駅前の鼓門の周りにはカメラやスマホを掲げる人が多い。「駅の敷地内は自転車は乗り入れ禁止です。自転車は押して通行しましょう」という看板も目についたが、あいにく構ってはいられない。「すみません！」「どいてください！」と謝りながら門の下へと突っ込むと、暴走自転車に気付いた警備員が駆け寄ってくるのが見えた。

「おい！　何やってるんだ！」

警備員の声が大きく響く。まずい！　ここで捕まるわけにはいかないし——だったら、ごめん、鈴森さん！　協力してくれたクラスメートに心の中で謝りながら、汀一はとっさの判断で自転車を乗り捨てた。ガシャン、と音を立てて転がる自転車を残し、団体客に紛れて駅の構内へ走り込む。

左側には新幹線と在来線の改札が並び、右には土産物売り場と観光案内所。太い柱が林立し、柱の周りには木製のベンチ。先月降り立った時にも見た光景の中で、汀一は四方を見回し、友人の名を口にした。

「時雨ーっ！」

いきなり叫んだ少年に、周囲の人たちが一斉に振り向き、そのただならぬ様子に距離を取る。なんだこいつ、痛いやつか、などと思われているんだろうが、知ったことじゃない。どうか、時雨がまだ駅に残っていてくれますように。ただそれだけを願いながら汀一がもう一度「時雨」と叫ぼうとしたその時、かすかな声が耳に届いた。

「……あ」

呼びかけではなく、問いかけでもなく、ただ思わず漏らしてしまっただけ。そんな風に感じられる抑えた声は紛れもなく時雨のものだった。汀一が立ち止まって振り返ると、新幹線の改札近くのベンチの前、呆然とした顔で立つ長身の少年と目が合った。

身長百七十六センチのすらりとした痩身で、背筋はまっすぐ伸びており、ついでに鼻筋もまっすぐだ。艶やかな黒髪は長く、襟足が首筋に、前髪が左の目に掛かっている。

着の身着のままで蔵借堂を出てきたのだろう、手にしているのはお馴染みの赤黒い傘と、剝き出しの新幹線の切符だけだ。いつも以上に細く、そして弱々しく見える友人の姿に、汀一ははっと息を吞み、そして胸を撫で下ろした。

「良かった……。とりあえず間に合って……。時雨」

「――っ！」

汀一が歩み寄ろうとすると、時雨は怯えたように身を引き、改札に向かって走り出した。

「え？　ちょ、ちょっと待って！」

呼びかけながら汀一が慌てて追いすがる。必死に伸ばした右手が、時雨の腕を――いや、時雨の持つ傘の先端、石突の部分を掴んだ。硬質ゴムの冷たく硬い感触が掌に伝わる。すかさず手に力を込めて脚を踏ん張る汀一に、時雨が青白い顔で振り返る。端正な顔の眉間には険しい皺を刻みながら、時雨は叫んだ。

「離せ！」

「離すわけないだろ　！　いいから来い！　来て！」

「だから嫌だと……」

「頼むよ！　とりあえず話をさせてほしいんだ！　お願いだから……！」

懇願とも命令ともつかない汀一の悲痛な呼びかけに、意固地になっていた時雨の顔が一瞬だけ緩む。時雨は眉間を寄せたまま少し逡巡し、ぎりぎり聞き取れる程度の声量でうなずいた。

「……わ、分かった。少し、話すだけなら……」

「あ、ありがとう！」

ほっと安堵しかけた汀一だったが、安心するにはまだ早い。改札の前だといつまたホームに駆け込まれるか分からない。汀一はひとまず傘の先を持つ手を引き、時雨を駅の兼六園口の外、鼓門と駅とを繋ぐドーム状のガラス屋根の下へ連れ出した。

外では依然雨が降り続いていたが、雨宿り中の人たちも、傘の両端を摑んで問答する少年たちが気味悪いのか、遠巻きに距離を取って近づいてこようとはしない。それはまあ助かるんだけど、通報とかされると困るな……と汀一が思っていると、ふいに野次馬たちが汀一たちから視線を逸らし、方々へ立ち去っていった。驚く汀一に時雨が告げる。

「……僕たちのことを無意識のうちに遠ざけるよう、大きめの妖力の傘を張った。それで汀一。いつまで傘の先を摑んでいるんだ」

「え？　いや、だって、離したら逃げられそうで怖いから」

「僕が傘を離して逃げるとは考えないのか？」

「え？　あっ！　い、言われてみればその手があった……！」

「そういうところはやはり君だな。……安心しろ。もういきなり逃げはしない」

今更慌てる汀一を前に、時雨は傘の持ち手を握ったまま肩をすくめて苦笑した。薄く笑いはしたものの、その顔は青白くて生気に欠けており、どうしても汀一の頭に「死相」という言葉が浮かんでしまう。不安を募らせる汀一に、時雨が「それで」と問いかける。

「話がしたい、とのことだったが」

「時雨。消えるつもりなんだよね」

傘一本分の距離で向き合う相手をまっすぐ見上げ、汀一はきっぱり言い切った。その直截的な問いかけに、時雨はすっと押し黙り、ややあって薄く口を開いた。

「……随分ダイレクトな質問だな」

「他に聞き方が思いつかなかったんだよ。……で、どうなの」

「それは……そんなのは――僕の勝手だろう……！」

唐突に時雨の声のボリュームが跳ね上がった。傘の持ち手を血管が浮くほど強く握り締めながら、唐傘の妖怪の少年は悲痛な叫びをさらに重ねる。

「君も知っているだろう、僕が何をしてしまったかを？　取り返しのつかないことをしてしまった――させてしまったというこの悔いは、何をしても薄れない！　もう僕は、自分の心の声を……故郷に帰って消えてしまえというあの声を、抑えきれないんだ……！　やめろと言われても、制止に応じるつもりはないし、それは無理だ！　絶対に！」

「絶対って……。いやでも、だからって」

「そもそもだ！　君はなぜ僕を止める？」

「へっ？」

「だってそうだろう。君は亜香里とパフェを食べに行っていれば良かったんだ！　楽しみにしていた予定を投げ捨て、騒ぎを起こして人目を引いてまで、僕を止めようとするのはなぜなんだ？」

「なぜって——そんなの」

答えようとして汀一は言葉に詰まった。言われてみればなぜなんだ、と胸の内に声が響く。ほぼ反射的にここまで来てしまったけれど、自分はどうしてこんなに必死で、どうしてこんなに慌てていて、どうしてこんなに怖いんだろう……？
一、二秒ほど自問した後、汀一はこくりと小さくうなずいた。
多分、そういうことなんだよね。自分に語りかけながら、時雨を見上げ、口を開く。

「友達がいなくなるのは嫌だから」

「友達……？　僕が？　汀一のか？」

「え？　そこに戸惑うの？　てか、じゃあ、時雨はおれを何だと思ってたわけ……？」

「親しい知人」

依然険しい顔のまま、時雨がぼそりと即答する。いや、それはもうほとんど友達だろうが！　友人との——自分的には友人と思っていた相手との——認識の食い違いに汀一は呆れ、赤い顔で言葉を重ねた。

「……こっちからしたら友達だからな」

「君の主観を否定することはできないが——しかし、それがなんなんだ」

「今から話すよ。……ほら、おれ、親の仕事の都合で、転校が多かったって話したよね。

だから、今まで時雨みたいな友達っていなかったんだ。あ、一緒に遊んだり話したりする相手がいなかったわけじゃないよ？　でもこれまでは、最初から出来上がってるグループになんとなく入ってばっかりで……みんなと話を合わせて仲良くして、それはそれで楽しかったんだけど……どう言えばいいのかな。誰かと知り合って、仲良くなって、一対一でちゃんと話すことってなかった気がするんだよ。金沢に来て、時雨と会うまでは」

「僕と……？」

「そうだよ！　泣くところも見たし、おれの相談にも乗ってもらった。時雨はさ、ちゃんと将来の夢があってポリシーもあって色々知ってて、尊敬できて頼れて面白くて……そんな相手は初めてで……要するに、時雨といると楽しいんだよ、おれ。だから――」

「だからなんだ」

「いなくなると困るし、そんなのは嫌なんだよ」

怪訝に問いかける時雨を見返し、汀一は懇願するように言い切り、「時雨はどうなんだ」と問いかけた。

そういう方向性で来るとは思っていなかったのだろう、時雨が意外そうに目を細める。薄く開いた口から「僕も……」という声が一瞬漏れたが、時雨はすぐに汀一から視線を逸らし、自分の気持ちを拒絶するかのように首を激しく左右に振った。

「駄目だ！　君が何を言おうと、所詮僕と君とは違う。またそれかと言うかもしれないが、これは厳然たる事実だ……！」

「それは分かってる。おれは確かに人間だし、時雨は確かに妖怪で、妖怪には妖怪の常識や感覚や苦労があるのも分かるよ。それがおれに理解できないってことも」

「そこまで分かっているなら――」

「待った！　分かってるし、分かってるんだけど、でもこれだけは言わせてほしい！……あのさ時雨。人間だって結構大変なんだよ」

「……何？」

「辛いことも不便なこともいっぱいあるし、それに不思議な力なんてない。一人になりたい時に気配を消すなんてこともできないし……。今もやってるこれだよ。こんな力があるの、めちゃくちゃ羨ましいんだよ、おれ」

「……つまり何か？　自分だけが辛いわけじゃないから我慢しろと？」

「違う！　そうじゃない！　ただ、おれはもっと辛くなるのは嫌なんだ。だから――」

「結局それか？　それは君のわがままじゃないか！」

「わがままで悪いか！　最後かもしれないんだぞ、わがままくらい言わせろよ！」

汀一の怒声が金沢駅兼六園口前の広場に響き渡った。

思わず声を荒げてしまったことに、汀一は、はっ、と口を押さえる。いきなりの怒鳴り声は時雨にとっても予想外だったようで、時雨はどこか呆けたような、ぽかんとした顔になった。そうか、と小さな声が漏れる。

「君は……そんな顔で怒るんだな」

「……え」

「初めて見たからびっくりしてしまった」

そう答えた時雨の顔からは、眉間の皺が消えていた。ずっと張り詰めていた空気がふと緩む中、汀一は、ああ、と納得した。

自分が今怒っている――怒れているのなら、それは多分、自覚している以上に時雨にいてほしいからなのだろう。大声を出してごめん、と汀一は頰を掻いた。

「時雨の辛さとか申し訳なさとかがよく分かるとは言わないよ。てか言えない。……でもさ、いてほしいってのも分かってほしいんだ。亜香里も蔵借堂の人たちも、七窪さんや北新庄さん、それに自転車を貸してくれた鈴森さんだって、そう思ってると思う。と言うかおれがそう思ってる。だからさ時雨」

「なんだ」

「それでも、どうしても故郷に帰るって言うなら」

「……言うなら？」

「おれも連れてってほしい。一緒に！」

傘を持っていない方の左手を自分の胸に当てながら、汀一が時雨をまっすぐ見据えて言い放つ。その宣言を聞いた時雨は「何？」と大きく眉根を寄せた。怒りや苛立ちではなく困惑が滲む色白の顔を見つめ、汀一は一歩距離を詰めた。

「時雨、制止に応じるつもりはないって言っただろ？　だったら止めないよ。頑固なことは知ってるから！　でも――だったら、おれが勝手についていく」

「い、いや、それじゃ意味がないだろう！　誰からも認識されない状況になって、初めて僕は希薄化して消えることができるんだ。なのに、僕をよく知る人間が傍にいたら」

「だからだよ！　そんなうっかり消させてたまるかって言ってるの！　おれの言ったこと聞いてただろ？　いてほしいんだよおれは！」

「汀一」

「頼む！」

「………………………分かった」

一、二秒間の――汀一の体感的には小一時間ほどの――沈黙の後、時雨はこくりと小さく、それでいて確かにうなずいた。えっ、と汀一が問い返す。

「ほんとに？」

「……ああ。どう説得されても考えを変えるつもりはなかったし、そんなことはできないとも思っていたが……君の行動を制限することはできない。それに、友人を困らせたくもないからな」

「時雨……。本当に？」

「しつこいぞ。約束する」

そう言うと時雨は傘を握っていた手から力を抜いた。おかげで逃げられないようにずっと傘を引いていた汀一が思わず後ろに転がりそうになる。ひゃっ、と声をあげてよろける汀一を、時雨がすかさず伸ばした手が摑んで支えた。

「あ、ありがとう」

「相変わらず危なっかしいな、君は」

「誰のせいだと思ってるんだよ」

「心配を掛けて悪かったとは思っている。だから一旦傘を離せ」

肩をすくめた時雨が汀一を見下ろしてドライに告げる。蔵借堂や学校で見慣れたクールな呆れ顔に、汀一の全身からどっと力が抜け、安堵の溜息が自然と落ちた。やっとこいつを止められたんだという感慨がこみ上げる中、汀一は言われた通りに傘の先から手を離し、やれやれと胸を撫で下ろした。

「あー怖かった……。どうかなるかと思った」

「悪かったと言っているだろう」

「ほんとだよ。もう軽率に死ぬとか消えるとか言わないでよ？」

「分かっている。しつこいと——」

そう言って時雨が肩をすくめた、その直後。

「――いや。お前は消えるべきだよ。濡神時雨」

なんの前触れもなく、唐突に、第三者の声が時雨の嘆息に重なった。

「え。誰？」

いきなり割り込んだネガティブな声に驚き、汀一は周囲を見回したが、声の主は見当たらない。と、その汀一のリアクションに、時雨が意外そうに目を丸くした。

「汀一？　今のが聞こえたのか？」

「そりゃ聞こえたよ。近かったし。でも誰が……」

「誰も何も、今のは僕の心の声だが」

「……はい？」

傘を片手に首を傾げる時雨を、汀一は思わず見返した。何を言い出すんだ。

「心の声って」

「だから、前に話しただろう。ことあるごとに故郷に逃げ帰るよう促す声が聞こえる、と。今の声があれだ」

「そ、そうなの？　あれ、たとえ話だと思ってたんだけど……てかさ、心の声ってあんなはっきり聞こえるものじゃないよね？」

「何？　僕には、物心ついた頃から……いや、確か、小学校に入る頃からずっと聞こえていたのだが……普通はこういう声は聞こえないものなのか？」

「聞こえないものだよ！　いや、妖怪の場合違うのかもだけど、亜香里もそんな話はしてなかったし……。やっぱり、心の声って外に漏れるものじゃないと思うよ？」

「ああ。君に聞こえてしまったのは、おそらく心が同調したからだろう。この彼に——濡神時雨にだけ聞かせていたつもりだったんだが、誤算だったな」

あの声が再度二人の会話に割り込んだ。嘲笑するような乾いた声に二人は同時に顔を見合わせ、声の発生源を——即ち、汀一は時雨を、時雨は自分自身の体を見た。

声は確かに時雨から聞こえたが、その口は動いていない。なんだこれ。どういうことだ。そう問いかけようとしたその瞬間、ふいに汀一の中で何かがぴたりと繋がった。

——まあ、厳密に言えば消滅と死は違う。一旦消滅した妖怪が条件次第で復活することもあるし、極端に弱った場合でも何かに乗り移ることで存在を保つ方法などもあるから、死なないと言えば死なないんだが……。

——退治。殺害。処分。どう呼んでも構わない。要するに、そう簡単に復活できないようにしてしまう、ということだ。最後に手を下したのは、もう十年近く前……。時雨が小学校に上がる前の話だ。相手は妖具ではなく妖怪で、どうしようもなく危険なやつだった。知略に長け、隠れるのが上手く、徒に他者を死に追いやることが好きで、それだけのために生きているという……。

「ああっ、そうか！」

「ど、どうした汀一？」

「あれだよ時雨！『お化けは死なない』だ……！」

愕然としながら汀一が叫ぶ。戸惑う時雨に、汀一は「だからさ」と早口で続ける。

「北四方木さんが前に言ってたろ、前に妖怪を退治したことがあるって！　で、汀一が声を聞くようになったのってその後だよね？　それでほら、妖怪は基本的に死ななくて、やばくなっても何かに乗り移ったら生き延びられるわけだよね……？」

「そうだが──あっ、そ、そうか！　そういうことか……！　あの時蒼十郎さんが退治した妖怪が、手近にいた僕の中に入って……！」

「多分そうだと思う！　てか、その妖怪ってなんなの？」

「縊鬼《いっき》だ！　またの名を縊《くび》れ鬼。人の心に入り込み、自発的に死に向かわせる悪質な妖怪だ。江戸時代、とある同心を誘導し、首を吊らせようとした話が残っている。追い払う手段は伝わっておらず、これに一度狙われたなら対象を変えさせるしか助かる道はない……。蒼十郎さんが退治したはずのそいつが、ずっと僕の中にいた──いや、僕の中にいるということか……！　そうだろう、縊鬼！」

自分の体を見下ろしながら時雨が声を張り上げ呼びかける。固唾を呑んで見守る汀一。

そして待つこと十秒余り、時雨の体から、あの嘲笑う声が三度響いた。

「十年近く掛かってようやく僕に気付いたか、濡神時雨」

「やはり……縊鬼か！」

「ずっと時雨に取り憑いてたってこと？　てかこいつ、声も話し方も時雨に似てない？」

「それはそうさ。そもそも僕こと縊鬼は実体を持たず、狙った相手に合わせて自身を変えられる妖怪だ。長く一体化している……正確に言うならば『寄生している』間に、宿主の口調や声をコピーしてしまったんだろう」

「そういうこともあるんだ……。すごい気味悪いね」

「同感だ。なぜ僕に憑いた？」

「好きで憑依したわけじゃない。君の推測通り、あの時手近にいたのが君だっただけだ。とっとと自殺させたかったが、カワソの名刀で切られたことで僕は弱っていたし、相手が妖怪ともなれば僕の力にも耐性がある。おまけに君のメンタルは思いのほか強固で、しかも『消滅する時は郷里の山寺で一人になって消える』という縛りを無意識のうちに自分に課していたからね、これはもう無理かと思っていたが……だが、そこに現れたのが葛城汀一。君だ」

「え。おれ？」

　時雨の体内から響く時雨ではない声にいきなり名指しされ、汀一はぎょっと目を見開いた。なんでここで自分の名前が出てくるんだ。戸惑う汀一、それに時雨に向かって、縊鬼はさらに言葉を浴びせる。

「君という同年代で同性の知己を得てしまったことで、濡神時雨の感情の振れ幅が格段に大きくなったのさ。人間関係を広げようとしない心に隙間はないが、新しく生まれた友人との関係性を構築していく過程では、誰であれ心が大きく揺らぐものだし、それはこの偏屈な唐傘の妖怪も例外じゃなかった。こんな風に接したら嫌われるんじゃないかという不安、こんなことを誰かに話すのは初めてだという新鮮な感動、相談に付き合ってくれることへの感謝と、それを素直に示せない自分への深い失望……」

「だ、黙れ！　そんなことは、僕は——」

「嘘は良くないよ濡神時雨。僕は君の中にいたんだ。君の心中は誰よりも知っている」

顔を赤くした時雨の静止に、縊鬼が哄笑《こうしょう》で切り返す。腹話術のようなやりとりを見ながら、汀一は——今はそれどころじゃないと理解しつつも——こいつ、割と感情豊かだったんだな、と思い、嬉しくなった。「かくして」と縊鬼が続ける。

「濡神時雨の心は大きく揺れ動くようになった。それは即ちネガティブな方向にも揺れやすくなったということで、こうなってしまえば僕にとってはお手の物。あとは引き金になる大きな痛手さえあれば……という状況だったのさ。そこに起こったのが先日の蜃気楼の一件だ！　これでようやく成功だと確信したのに……まさか、ここに来てくだらない友情に邪魔されてしまうとはね！　いやはや、見事な説得のテクニックを見せてもらったよ」

「説得のテクニックって……おれ、そんなの使ったつもりはないけど」

「謙遜するのは良くないな。この体——濡神時雨の心を緩めたのは、確かに君なんだからさ。そう、友人と一緒にいると楽しいけどお前はどうだ、という呼びかけにこいつは共感してしまい、張り詰めていた心が緩んでしまったんだ。……ああ、否定しても無駄だよ、濡神時雨？　で、そうして隙が出来たところに、君の勝手な宣言が虚を衝き、僕の呪縛が解けてしまったというわけさ。命令や指示は絶対に拒絶するよう心を誘導しておいたけれど、自発的な行動の宣言には対策していなかった僕のミスだ。全く、もう少しでこいつを消滅に導けたのに。嫌になるね」

そう言うと縊鬼はククッと自嘲してみせた。声質や口調こそ時雨と似ているが、性格はまるで違うのが不気味だ。眉をひそめて怯えつつ、汀一は声をひそめて問いかけた。

「……あの、よく分かんないんだけど……なんでそんなに誰かを自殺させたいの？」

「なぜも何もない。僕はそういう妖怪だからだよ。それだけだ」

「え。そ、それだけ……？」

「それだけだ。人間には話したって分かるまい」

困惑する汀一に向かって縊鬼が冷たく言い放つ。対話や意思疎通を拒絶したようなその物言いに、時雨は短く息を呑み、なるほどな、とうなずいた。

「……今、合点がいった。確かにお前は僕のコピーだ。『そういうものだから』で説明した気になり、種族の差を盾にして、それ以上考えようとも歩み寄ろうともしない情けなさ……。蒼十郎さんがお前を切った理由もよく分かった」

「分かったようなことを言うじゃないか！　強がっているくせに」

「強がっているのはお前だろう、縊鬼。お前に誘導されていたと自覚した以上、そして汀一と約束した以上、僕は自害することは絶対にない。諦めろ！」

不安げに見守る汀一に一旦顔を向けた後、時雨がきっぱり言い放つ。その通りだ、と汀一は思ったが、縊鬼は意外にも自信ありげに薄く笑った。

「さすが僕のコピー元だ。気が合うね、濡神時雨」

「何？」

「確かに君を自害させるのは無理そうだ。君を狙うのは断念する」

そう言うなり、時雨の体からずるりと何かが抜け出した。一メートルほどの高さに浮かぶ、一抱えほどの大きさの黒い煙とも霧ともつかないそれを直視した瞬間、汀一の体が総毛立つ。これが縊鬼の本体だ。汀一がそう実感するのと同時に、縊鬼はふわりと浮かび上がって距離を取り、汀一に向かって突っ込んできた。

「へっ」

「かわせ汀一－！」

「ひゃわっ！」

時雨が汀一の手を力強く引き寄せる。汀一にぶつかり損ねた縊鬼は「惜しい惜しい」と冷たく笑い、その楽しげな笑い声に時雨に隠れた汀一の全身がぞっと冷えた。

「お、おれ狙い？」

「気を付けろ汀一、それに憑かれるとわけもなく自殺したくなる……！　くそ、卑怯だぞ！　僕に憑いていればいいだろう！」

「君に憑いても無駄だと君が自分で言ったんじゃないか。それにさっき君が話していただろう、縊鬼を防ぐ術はなく、助かる道はただ対象を変えさせるだけ――とね。ターゲットを変えてやったんだ、ありがたいと思ってくれ」

「ふざけるな！」

「僕はいたって本気だよ。さあ、その少年を差し出すんだ。それとも何か？　僕と戦う力があるとでも？　単なる唐傘お化けの君に？」

「それは――黙れ！　汀一は僕の後ろに隠れていろ！」

汀一を左手で庇いながら、時雨が右手の傘を広げる。庇ってくれるのはありがたいけれど……と汀一は思った。今の時雨はどこからどう見ても虚勢を張っているのが丸見えで、不安になることこの上ない。

「あの、時雨？　ほんとに大丈夫？　無理しないでも……」

「大丈夫だ！　バイトの初日に言ったろう、傘はただの雨具ではなく携帯用の結界であり、立派な呪具だと！　傘は邪気を防いで弾く！　その化身である妖怪が、君一人――友人一人、守れないわけがない……！」

　汀一を守って立ちはだかりながら、時雨がきっぱり――震える声だったが汀一にはそう聞こえた――言い放つ。「うるわしいね」と縊鬼が嗤い、ふわりと空へ舞い上がる。

「だがね。古ぼけた妖具程度なら抑え込めても、僕は野鎌やちいちい袴とは格が違う。ろくな伝承も持たない傘化けが、この縊鬼に勝てると？　無理に決まっている！」

「……黙れ」

「コンプレックスを刺激してしまったかな？　君はそれなりに聡明なはずだろう。そんな薄っぺらい布で防げるはずもないことくらい、考えなくても分かるはず。それにね――」

「黙れと言っている！」

「反論すら思いつかなくなったか！　いい加減に諦めて――ぎゃっ！」

　縊鬼の勝利宣言がいきなり途切れ、短い悲鳴が轟いた。

　斜め上から意気揚々と突っ込んで来た縊鬼の体が、時雨の構えた傘に弾かれたのだ。吹き飛ばされた縊鬼は、ふらふらと、もしくはふわふわと起き上がりながら「なんだと」と戸惑ったが、驚いたのは時雨と汀一も同じだった。

「えっ……」

「は、弾いたの？　あいつを？　すごいよ時雨！　ぶっちゃけもう諦めてたんだけど」

「そこは正直に言わなくてもいいだろう！　しかし……なぜだ？」

開いた傘を構え直しながら時雨が訝しむ。どうやら時雨にとっても予想外の展開らしいが、今はその理由はどうでもいいと汀一は思った。今、確認すべきことは一つだけだ。

「……時雨。行けそう？」

「漠然とした問いだな」

「ごめん」

「謝るな。だが……ああ。そうだな。――行ける気がする……！」

肩越しに汀一を見返した直後、時雨はこくりと首肯し「力がみなぎっているようだ」と言い足した。なんの根拠も具体性もない回答だったが、汀一に希望を与えるには充分だった。胸中いっぱいの不安を期待に切り替えながら、汀一は二人から数メートルの距離で様子を窺う縊鬼を見据えて声を張り上げた。

「逃がしちゃ駄目だ！　今のうちにあいつをなんとか！」

「分かっている！　だがしかしどうやって」

「それは――」

何かないかとあたりを見回した汀一の視界を、金属製の骨組みで支えられるガラス屋根がよぎった。雨で濡れるガラスドームの上には濃密な雨雲が渦巻いている。それを見るなり、汀一は叫んでいた。

「女川だ、時雨！　ほら、知り合った日に教えてくれたよね！　浅野川を七回渡って悪いものを川に流してしまう行事がある、流れる水は邪気を祓うからだ、みたいなやつ！　あの方法なら！」

「縊鬼を水流で浄化しろと？　確かに縊鬼は人に取り憑く邪気そのものだから、その方法は通じそうだが、僕は傘の妖怪であって水の妖怪ではないんだぞ？　一体どうやって——いや待てよ。今なら、もしかして……！」

そう言うと時雨は右手の傘を頭上に掲げ、同時に左手で汀一を摑んで引き寄せた。いきなり時雨に密着させられて驚く汀一に「絶対に傘から出るな！」と短く告げ、傘越しに梅雨空を見上げて凜と声を張り上げる。

「——来い！」

よく通った声での宣言が響き渡ったその直後、頭上の雨雲から一筋の稲妻が迸った。凄まじい光と音を伴った雷撃が屋根に直撃し、ガラスと骨組みとを融解させて穴を穿つ。

「ひゃわっ！」

「なんだと？」

突然の轟音に汀一が震え縊鬼が戸惑う。天井に開いた大穴から、崩れた屋根の破片と雨とが降り注ぐ。実体のない体にそれらを浴びながら、縊鬼は一瞬びくっと震え、そしてすぐに大笑した。

「何をするかと思ったら、とんだ浅知恵だな！　雨に濡れた程度で僕が消えると」

「これで終わりといつ言った？」

「思ったら大間違――なんだと？　お前、一体……」

と縊鬼が訝った矢先、とんでもない量の水が天井の穴から降ってきた。

と言うかむしろ落ちてきた。

「うわっ何何？　今度は何？」

「落ち着け。ただの雨だ」

怯える汀一の頭上から時雨の声が短く響く。いやしかし落ち着けと言われても、と汀一は思った。

間断なく落下する大粒の雨が、ばばばばばっ、と激しい音を立て、駅前広場があっという間に水浸しになる。飛沫だけで全身が濡れるので、傘に入っていてもはやほとんど意味がない。豪雨とかいうレベルではなく、バケツどころか大浴場か湖をひっくり返したような勢いの大雨である。それをまともに受けた縊鬼は、最後に何を言おうとしたのか「な」と短く発音し――そして、滝のように降り注ぐ水流の中で霧消した。

「――よし」

縊鬼の消滅を確認した時雨が軽く傘を振る。と、ぴたりと雨が止み、同時に雨雲までもが散っていった。

ガラス屋根の大穴から差し込む陽光の下、汀一はぽかんと呆気に取られていたが、ややあって傍らの時雨を見上げ、尋ねた。

「えーと……。とりあえず、一件落着なわけ……？」

「だと思う。妖怪に完全な死が存在しない以上、縊鬼がまたいつかどこかで復活する可能性は否めないが、当面は心配する必要はないだろう」

時雨が汀一を見下ろし、傘を下ろして片手で畳む。傘の下にいたにもかかわらず二人の体はずぶ濡れで、シャツもパンツも体にべっとりくっついてしまっていた。

汀一もひどい状態だったが、髪の長い時雨は輪をかけてえらいことになっており、髪の先からぼとぼとと雫が落ち続けている。川に突き落とされたような惨状の友人を前に、汀一は思わず噴き出した。

「すごいね」

「笑うな。君も似たようなものだろう」

「いやいや。お二人とも目くそ鼻くそだよ。どちらもセクシーでいらっしゃる」

カラッとした明るい声が、いきなり二人の会話に割り込んだ。え？　誰？　まさかまた新しい厄介な妖怪か？　息を吞んだ汀一が慌てて声の方向に振り向くと……ではなく見上げると、ガラス屋根の穴の縁に腰かけていた声の主はひらりと飛び降り、浅く水の溜まった地面に軽やかに着地してみせた。

「よう、お疲れ」

水面に波紋が広がる中、すっと立ち上がって笑ったのは、ブラウンの着流しを纏った若者であった。背丈は時雨より少し高く、後ろで縛った髪は腰に届くほど長い。細面で目も細く、口元には薄い笑み。

蛇のような人だ、と汀一は反射的に思い、直後、この人は知っているぞと内心で叫んだ。

「北新庄さんの――あのお婆さんの昔の写真に写ってた人！　あなたは」

「槌鞍さん？　どうしたんです？」

あなたは一体何者なんです、と汀一が尋ねようとしたその声に、時雨の気のおけない問いかけが重なった。「槌鞍さん」？　当たり前のように口にされたその名前に、汀一は「はい？」と裏返った声を出し、傍らの友人に目を向けた。

「今、『槌鞍さん』って言ったよね、時雨……？　槌鞍さんって、あの、売り場にぶら下がってる横槌で、適当なことばっかり言って人を騙すのが好きなツチノコの……？」

「他に槌鞍さんがいるか。声も口調も同じだろう」

「え？　いや言われてみたらそうだけど、でも見た目が全然違うよね？」

「あー。少年は知らなかったか？　俺は何せ大妖怪だからな、気合を入れりゃあ人間の姿にもなれるんだ。この色男モードはレアだからよく目に焼き付けときな。写真撮る？」

「いいです」

汀一がドライに首を横に振る。せっかくの申し出を断られた槌鞍は、つれないねえ、とオーバーに肩をすくめた後、腕を組んで天井の大穴を見上げて笑った。

「それにしても、あれだけの穴をぶち明けて、しかも縊鬼を一発で浄化するような大雨まで呼んじまうとは恐れ入った。さすが手形傘だね」

「お恥ずかしい……え？」

「槌鞍さん、今、『手形傘』って言いました……？」

「言ったよ。言ったけどなんだい、その顔。二人とも知ってるよな？」

「それは――ええ、はい。雷神だか竜だか猫だかの妖怪が、もう悪さはしないって約束した時、手形を押した傘ですよね？　傘系統の妖具の中での最強のやつ。だよね時雨？」

「ああ。僕もそう認識している。ですが、手形傘は戦災で焼失したはずでは……？」

「お前さんが今持ってるでしょうがよ」

「えっ？　いえ、これは僕の傘ですが……。三年前に竪町で買った――そうか！」

不審そうに首を傾げていた時雨がいきなり叫んだ。わっ、と驚く汀一の隣で、時雨はわなわなと震えながら愛用の赤黒い傘を見つめて続ける。

「そうだ……！　妖具は作れるんだ！　その妖具が生まれた過程を再現すれば、オリジナルと同じ特性のものが、新しく……！　そういうことですね、槌鞍さん……！」

「だと思うぜ。推測だけど、お前さん方は、その傘を挟んで何かでっかい約束を交わしたんじゃないのかい？」

「それは……」

「そうです。はい」

どちらからともなく視線を交わしながら汀一と時雨がうなずく。だろうねえ、と槌鞍が朗らかに笑う。

「手形傘は人と妖怪が誓いを交わしたことで生まれた妖具だ。言い換えれば、人と妖怪が約束を交わした時、間に挟まれた傘は手形傘になるんだよ。しかも時雨、お前さんは傘の妖怪だろ？　傘のお化けが傘の妖具を使ったわけだから、相乗効果で威力も出力も跳ね上がるってもんですよ。お分かりかな」

「な、なるほど……」

「あー、やっと分かった！　そういうことか！　やったね時雨！」

「あ、ありがとう……。だが手形傘が作れたのは君がいてくれたからで……」

「お熱いことで。しかしまあ、ほんと、やったねえ。良くも悪くもやってくれた」

「え。『良くも悪くも』……？」

「だってそうでしょうよ」

褒めているとも呆れているとも取れるような言い回しで薄く笑いながら、槌鞍は改めてあたりを眺め回した。その動作に釣られて汀一たちも周囲を見回す。

崩壊したガラス屋根の破片がそこら中に散らばり、あるいは突き刺さっている。しかも天井には大きなヒビが何か所も刻まれていて、今にも全体が崩落しそうな勢いだ。隕石が落ちた後のような惨状に、盛り上がっていた汀一の体温がすーっと下がる。

「……あのさ時雨。テンション上がってて気づかなかったけど……と言うか、無意識に気付かないようにしてたかもだけど……結構、えらいことやっちゃったんじゃない？」

「い、言うな！　確かにやらかしてしまったが、さっきはこれしか手が――」

「手がなかったたってんだろ？　でもまあやっちゃったことに変わりはないねえ。あーあ」

「はっきり言わないでくださいよ！　どうしよう時雨？　その傘で何とかならない？」

「無茶を言うな！　手形傘はそこまで万能じゃない！　僕の力を増幅できるだけだし、僕にできるのは雨を操ることだけで……。くそっ、僕が縊鬼に操られなければ……いや、あんなやつに誘導されるような弱い心じゃなかったら……！」

「まあまあ落ち着け二人とも」

真っ青な顔を向け合う少年二人の間に、槌鞍が馴れ馴れしく割り込んだ。着物の袖から伸びた細い手が二人の首を引き寄せ、蛇のような細面にフランクな笑みが浮かぶ。

「心が揺れるのもやらかすのも若者の特権だし、自分を責めるこっちゃねえよ。そもそも悪いのは縊鬼の野郎だろ」

「しかし……僕は、取り返しのつかないことを」

「俺がなんのために来たと思ってる？　そういう時の尻拭いは大人の仕事でしょうが」

「尻拭い……？」

「おうよ。若いうちは大人を頼って使って利用すりゃいいんだ。瀬戸の大将や蒼十郎にも頼まれちまったからな、たまにはいいとこ見せないと店を追い出されちまう」

そう言うなり、槌鞍はぶるっと体を震わせ、その身を古びた横槌へと変えた。元に戻った槌鞍が、二人の正面にふわふわと浮遊しながら言葉を重ねる。

「さあ少年たちよ。俺を摑んで降りやがれ」

「摑んで……」

「……振る？　それで何がどうなるんです……？」

「辛辣だなあ。あのな少年、この前、お前さんに魔王の木槌の話をしたの覚えてるか？魔王山本五郎左衛門が授けた最上級のスーパー妖具」

「覚えてますけど、あれは広島にあるんでしょう」

「そうだよ。でもなあ、これは時雨にも言ってなかったけど、山本はもう一人の魔王であるところの神野悪五郎とライバルだったわけだよな？　ライバルってことは同格で、同格ってことは神野の側にも同じ妖具があってもおかしくない。つうか実際にあったんだよ。……俺はね、それなんだよな、実は」

汀一と時雨の周囲を円を描いて飛びながら、槌鞍は照れ臭そうに体を揺する。

そうなのか、と汀一は素直に納得していた。槌鞍は嘘ばかり言う妖怪だが、この状況で嘘を吐くとは思えないし、今の彼の言葉には有無を言わせぬ何かがある。

時雨も同じように感じたのだろう、疑念も疑問も口にせず、ただ「なるほど」とうなずいた。その反応が嬉しかったようで、槌鞍が楽しそうに笑う。

「蒼十郎の受け売りだけどよ、壊すことしかできない武器と違って、道具は何かを直して作って生み出せる。この魔王の木槌である俺様の、長年の爆睡で溜めた力を見せてやらあ！　ってわけで、さあ、俺を摑め、時雨、汀一！　そんでもって願いを唱えてブンと振れ。何でも叶えてつかわすぜ？」

気さくなのに神々しいその呼びかけに、汀一と時雨は視線を交わし、同時に眼前の古びた横槌に手を伸ばした。

汀一の右手と時雨の左手が細い持ち手をぎゅっと握り、二人が顔を見合わせる。

「願いを言えばいいんだよね？　ええと……天井の穴を元通りにしてほしい」

「できるなら、この損害全てをなかったことに」

「そっか。そう言えば良いんだ。あ、あと、鈴森さんの自転車！　多分持ってかれてるだろうから、こっそり回収してきてもらえません？」

「まとまりがない上にふんわりした願いだなあ」

「す、すみません」

「まあいいよ。友情に免じて許す」

槌鞍が明るく笑い、「さあ触れ」と二人を促す。

うなずき合った汀一と時雨が同時に大きく横槌を持ち上げて振り下ろすと、乾いて古びた木製のハンマーは、雷光のような激しい光と、おごそかな声とを発した。

「——その願い、叶えよう」

組内同心某よく酒を飲み、落し咄身振りなどする者ありけり。(中略)用の趣を尋ねさせしに、その事別事にあらず、くひ違ひ御門内にて首を縊《くく》る約束せし間、やむを得ずといひて、ひた物去らんことを請ひけり。主賓弥々《やや》あやしみて(中略)座に引出し、先づ大杯にて続けざまに七八盃を飲ます。(中略)その時家来立出で、只今喰違ひ御門内に首縊りありと組合より申し通ず、(中略)賓主さゝて、さてさて先頃の縊鬼、この者を殺すこと能《あた》はで、他人を取りたると見えたり。

(「反古のうらがき」より)

或る時当寺へ亡者来れり。既に葬礼を行ひ、和尚引導に立つ時、雷鳴烈しくして疾風暴雨(中略)忽然として一声の迅雷、龕《がん》の上へ落掛ると見えしが、雲の中より大手を出して、和尚を摑み除かんとす。和尚も腕を伸し怪物の腕をつかみ、暫く争ふと見えしが、雲中より怪異の獣を引下し(中略)和尚曰く、自今我同宗の亡者を妨げ、または時宗の人たらば、在俗の家たりといふとも、雷落る事有るべからず。怪物悦《よろこ》んで肯《うけが》ふ。(中略)怪物曰く、臣《おみ》は深山の怪獣、字を学びし事なし、願くばその証文を免《ゆる》せ。和尚云ふ。然らば己れが掌に墨を付け、この傘に手形を押すべしとて、即ちその通りになす。(中略)其手の跡、猫《ねこ》の類にもあらんか、猫より至極大いなりといふ。

(「裏見寒話」より)

エピローグ

　その翌日の日曜日、蔵借堂。いつものように客のいない売り場で、汀一はゆっくり首を振る扇風機の風を浴びながら、カウンターの椅子に腰かけていた。

「あっつう……」

「いきなり夏になりすぎだよねー。まだ梅雨明け宣言出てないのに」

　汀一の漏らした声に応じたのは、先ほどカフェの仕事を抜けてきたばかりの亜香里である。半袖ブラウスにエプロン姿の亜香里は、アイスコーヒーのグラスをカウンターに戻し、手でパタパタと自分を扇いだ。

　年季の入ったカウンターの天板には、アイスコーヒーのグラスが三つとチョコレートケーキの載った皿が二枚並んでいる。チョコケーキは「限定桃パフェ食べ損ねたし、今日は店番頼まれてるから出られないけど、せめて何かスイーツ食べないと気が済まなくない？　わたしは済まない」ということで、亜香里が買ってきてくれたものである。

「せっかくだから、時雨も一緒にって言ったんだけど」

「亜香里は知っているだろう。僕は甘いものは好きじゃないんだ」

　亜香里が横目を向けた先で、木製の椅子に座った時雨が抑えた声を発した。この場でただ一人、長袖で詰襟姿の唐傘の妖怪の少年は「果物ならともかく……」と持論を続けようとしたが、汀一が自分を見つめていることに気付き、長い前髪の下の眉をひそめた。

「なんだ、その目は」

「え？　あ、いや、ちゃんと時雨がここにいて良かったなあとしみじみしてた」

「……またか。今朝から何回目だ？」

「心配なんだよ」

「気持ちは分かるしありがたいが、もう充分だろう。うんざりだ」

「そんな言い方なくない？　あのね時雨、汀一すっごく頑張ったんだよ」

「それは知っているし昨日さんざん感謝も伝えた」

「ほんと可愛くないなあ。……てか時雨、縊鬼が抜けたのに変わらないよね」

「あ、それはおれも思ってた！　てっきり、もっと明るくなるのかと」

「縊鬼はただ不安を煽るだけの妖怪で、性格を変えるわけではないからな。僕は元々こういう性格だということだ。悪いか」

「悪くはないよ。いきなり明るくなっても気味悪いし」

　ムッとする時雨に汀一が苦笑いを返す。亜香里はそのやりとりを微笑ましそうに眺めていたが、ふと「でも」と困ったような笑みを浮かべた。

「うんざりするって時雨の気持ちもちょっと分かるよ」

「そうなの？」

「うん。昨日のこと、瀬戸さんも蒼十郎さんもだいぶショックだったみたいでね……。縊鬼が取り憑いていたこともだけど、それに気付けなかったことが。『妖怪は個人主義が基本だから』って、あまりに放っておきすぎていたかもしれない、男所帯だから気が行き届いていなかった、何か相談があったら聞くからなんでも話してくれって、昨夜も今朝も何度も何度も何度も何度も……。時雨だけならともかく、わたしまでだよ？」

「なるほど……。それは大変そうだね」

「言い方が軽い。他人事だと思ってるでしょ」

苦笑する汀一に亜香里がしかめた顔を向ける。そう言われても、と汀一が切り返そうとした時、充電中だった汀一のスマホが鳴動し、メッセージアプリの着信を告げた。

「ちょっとごめん。なんだろう……あーっ！」

「どうしたの？　誰から？」

「鈴森さんから！　亜香里も知ってるよね、昨日自転車借りた子。『いつの間にか自転車戻ってきてるんだけどどういうこと？　そもそも昨日の説明がまだなんだけど』って」

「え？　でも時雨と汀一、槌鞍さんに全部なかったことにしてもらったんじゃ」

「そのつもりだったけど……鈴森さんの記憶を消してくれとは言わなかったから……」

驚く亜香里に答えながら、汀一は青ざめた顔を売り場の一角へと向けた。柱の釘に掛かった古びた横槌は、昨日あんなに元気だったのが嘘のように微動だにしない。

「しばらく熟睡するって言ってたもんなあ……。時雨、手形傘は」

「蒼十郎さんが蔵の奥に片付けた。新しく、しかもこんな強力な妖具は厳重に保管しないと、とのことだ」

どこか誇らしげに時雨がうなずき「そもそも手形傘でどうにかなる話でもないだろう」と補足する。そりゃそうかもだけどさあ、と汀一は溜息を吐いた。

「どう説明したらいいやら……」

「そんなに心配しなくてもよくない？　悪い子じゃなさそうだし、なんとかなるよ」

「亜香里の言う通りだ。実際この街では、ずっとなんとかなってきたんだから」

昨日の一件で成長したのか、あるいは単に開き直って図太くなったのか、落ち着いた声を発しながら、時雨が店内に並ぶ妖具たちを見回した。

その発言にはなんの根拠もないのに、堂々とそう言われるとそんな気になってくるから不思議なものだ。汀一は自分の単純さに呆れ、でもまあ、と心の中で言い足した。

少し前には妖怪が実在することすら知らなかった自分が、今ではここに馴染んでおり、しかもこの環境が――ここにいる人たちのことが――どんどん好きになっている。

だったらまあ、多分これからも大丈夫だよな。

そんなことを思いながら汀一は笑い、チョコケーキの皿に手を伸ばした。

あとがき

この作品はフィクションです。作中で言及される伝承や伝説などは実在の資料を参考にしていますが、物語の都合に合わせて取捨選択・改変している部分もあります。また、舞台となる街のロケーションなどについても同様です。賢明な読者様におかれましては、作品内で語られる内容をそのまま信じられませんようお願いいたします。

改めまして、ポプラ文庫ピュアフルでは初めまして。峰守ひろかずと申します。私、これまで「頼りない男子高校生の主人公」も「パートナーは妖怪の男子」も「男子コンビのバディもの」も「妖怪が人間に交じって生活している世界」も「舞台は実在の街」も「妖怪のいる職場」も「妖怪ものの連作短編」も書いたことはあるんですが（へー、そういうのもあるんだ、探して読んでみようかなと思ってくださった方はありがとうございます）、ここに挙げた要素が全部揃っている話を書くのは初めてで、なんだか大変新鮮でした。

本作は妖怪の話ではありますが、同時に（それ以上に）友情とコミュニケーションの話のつもりで書きました。どういう人達が何を思って何をしてどうなる話なのか、ここで全部説明してしまうのは野暮ですし、そもそもここをお読みの方は本編を読み終えておられると思いますので具体的な解説は省きますけれど、「決して気が合うわけではないけれどこいつといると退屈しないし楽しいな」、「あいつのいるあの場所に行きたいし、ずっといても飽きないいな」みたいな居心地の良さが伝われば……と思って書いていました。伝わりましたでしょうか。伝わったなら何よりなのですが。

この物語の舞台は、タイトルにもあります通り金沢です。金沢と言えば、「古都」や「小京都」といった言葉でイメージされる街の代表的な定番観光地ですが、妖怪好き的には、おばけずき作家・泉鏡花の生まれ故郷、妖怪伝承の豊富な街という印象が強かったりします。ものを書く習慣がある人の大勢いる地域じゃないとお化けの記録って残らないので、文化都市には妖怪の話が多いんですよね。金沢は都会っぽい妖怪も地方っぽい妖怪も残っている魅力的な街であり、一度は舞台にしてみたいと以前から思っていたので、今回念願が叶って喜んでいます。

本作を執筆するにあたっては、実際に金沢に取材に行ってきました。私は滋賀県に住んでいるので、金沢のある石川県は福井県を挟んだ隣の隣の県でして、そこまで遠くもないんですけれど、こういう機会でもないとなかなか行かないわけで、いい機会をいただきました。実際の金沢は風情と活気と趣と歴史のあるいい街で、その印象は作品を通して伝えたつもりですが（伝わっていますように）、中でも個人的に一番いいなあと思ったのは、五話の舞台にもさせていただいた（春さんの家があったあたりです）卯辰山の寺院群一帯でした。本文でも少し書きましたが、歴史のあるお寺があちこちにあり、道が入り組んでいて高低差があってまるで迷路のようで、ちょうど曇っていた天気も相まって、まるで泉鏡花（敬称略）か水木しげる（敬称略）の世界のようで大変雰囲気がありました。妖怪好きの方にはおすすめです。

もっとも、これも読まれた方はお判りでしょうが、作中に登場するのは金沢妖怪だけではありません。蔵借堂の住人やそこで扱う品物（妖具）は全国から集まっていますし、主人公のパートナーである本作のヒーロー役は、あの有名な妖怪です。

打ち合わせで「舞台は妖怪の道具の集まる古道具屋で」という話になった時に、主人公の相棒はあの妖怪にしようというアイデアは自然と浮かんできました。間違いなくめちゃくちゃ有名な妖怪で、その姿はみんな知っているはずなのに、どういう妖怪なのかは知られておらず（と言うか、そもそも設定や物語が存在せず）、おまけに名前もはっきり決まっていない。このへんの要素をそのまま背負ってもらえば面白いキャラになってくれるんじゃないかなーと思いまして、実際、時雨の言動は書いていても楽しかったです。気のいい汀一とのやりとりも含め、とても気持ちよく書かせていただきました。

さて、この本を作るにあたっては、多くの方のお世話になりました。担当編集者の鈴木様、何度もの打ち合わせにお付き合いいただきありがとうございました。カバーイラストを描いてくださった烏羽雨様、美麗で温かみのある絵をありがとうございます。時雨も汀一も、執筆中になんとなく思い浮かべていた印象通りの（そして、そのイメージ以上に魅力的な！）姿になっていて感動しました。いいですよね二人とも。蔵借堂の雰囲気もいいですし、本当にありがとうございます。

金沢在住の作家である紅玉いづき様には、方言のチェックなどなどで大変お世話になりました。地元民ならではの知識も色々教えていただきまして、ありがとうございます。また、金沢学院大学講師の佐々木聡様には現地取材にお付き合いいただき、土地勘のない人間としては大変助かりました。この場をお借りしてお礼を申し上げます。

最後に、ここを読んでくださっているあなた。物語というものは、受け手に読まれることで初めて完成するものだと思っています。本作の完成に手を貸してくださったこと、本当にありがとうございます。古都の古道具屋のちょっと頼りない少年たちの物語、楽しんでいただけたなら何よりです。

ではでは、お名残惜しいですがこのへんで。お相手は峰守ひろかずでした。
良き青空を！（好きな別れの挨拶です）

主要参考文献

・泉鏡花集成　7（泉鏡花著、種村季弘編、筑摩書房、1995）
・祖谷山民俗誌（武田明著、民俗学研究所編、古今書院、1955）
・妖怪事典（村上健司編著、毎日新聞社、2000）
・日本随筆大成　第二期　第18巻（日本随筆大成編輯部編、吉川弘文館、1974）
・三州奇談（日置謙校、石川県図書館協会、1933）
・日本の伝説　12　加賀・能登の伝説（小倉学・藤島秀隆・辺見じゅん著、角川書店、1976）
・随筆辞典　4　奇談異聞編（柴田宵曲編、東京堂、1961）
・日本怪異妖怪大事典（小松和彦監修、常光徹・山田奨治・飯倉義之編、東京堂出版、2013）
・47都道府県・妖怪伝承百科（小松和彦・常光徹監修、香川雅信・飯倉義之編、丸善出版、2017）
・日本妖怪大事典（村上健司編著、水木しげる画、角川書店、2005）
・石川・富山ふるさとの民話（北國新聞社出版局編、北國新聞社、2011）

・南加賀の昔話（黄地百合子ほか編著、三弥井書店、１９７９）
・金沢の民話と伝説（金沢こども読書研究会編、金沢兼六ライオンズクラブ、１９８４）
・〈新版〉日本の民話　21　加賀・能登の民話　第一集（清酒時男編、未來社、２０１５）
・〈新版〉日本の民話　58　加賀・能登の民話　第二集（清酒時男編、未來社、２０１６）

この他、多くの書籍・雑誌記事・ウェブサイト等を参考にさせていただきました。

本書は、書き下ろしです。

金沢《かなざわ》古《ふる》妖《よう》具《ぐ》屋《や》くらがり堂《どう》

峰守《みねもり》ひろかず

2020年2月5日初版発行

発行者……………千葉 均
発行所……………株式会社ポプラ社
〒102-8519 東京都千代田区麹町4-2-6
電話……………03-5877-8109(営業)
03-5877-8112(編集)
フォーマットデザイン 荻窪裕司(design clopper)
組版・校閲 株式会社鷗来堂
印刷・製本 凸版印刷株式会社

ポプラ文庫ピュアフル

ホームページ www.poplar.co.jp

N.D.C.913/284p/15cm
ISBN978-4-591-16620-8
P8111291